# CRÔNICAS DO CRACK

edição brasileira© Hedra 2017

ISBN 978-85-7715-523-1


*Grafia atualizada segundo o Acordo Ortográfico da Língua Portuguesa de 1990, em vigor no Brasil desde 2009.*



EDITORA HEDRA LTDA.
R. Fradique Coutinho, 1139 (subsolo)
05416-011, São Paulo-SP, Brasil
Telefone/Fax +55 11 3097 8304

editora@hedra.com.br
www.hedra.com.br

Foi feito o depósito legal.

# CRÔNICAS DO CRACK

Luis Marra

1ª edição

hedra

São Paulo_2017

Os textos que integram este livro dizem respeito a usuários intensos e, ao menos, abusivos, de drogas psicoativas. Quase todas essas pessoas são dependentes de crack, ou tiveram bastante contato com a droga. As histórias, que para alguns leitores podem ser assustadoras, são basicamente reais ou contêm muito pouca ficção, e foram construídas a partir de depoimentos colhidos em atendimentos médicos, porém não visando somente a intervenção médica. Apenas "o canto da noia" surgiu de uma visita que fiz a uma certa "cracolândia" da Zona Leste de São Paulo, visita que acabou sendo uma consulta coletiva a céu aberto. Todas as informações referentes ao "Sobrevivente de Troia"não me chegaram através de atendimentos médicos e sim através de atividades com meus grupos de teatro. Ao final de cada crônica, seguem, em itálico, depoimentos pessoais, observações, opiniões, dados complementares, e tudo isso de maneira a compor o que se poderia livremente considerar como os "bastidores" de cada um dos textos. A maioria dos textos, escritos de preferência como crônica, conto-crônica ou depoimento estilizado, aborda — eventualmente com certa objetividade porém mais comumente de maneira vaga — um (ou mais de um) transtorno psiquiátrico. No entanto, e mesmo que todas as pessoas mencionadas no livro sejam dependentes ou no mínimo abusem de drogas, por vezes não se identificam outros transtornos além da própria adicção.

# Sumário

# O canto da noia

Ma tu perché ritorni a tanta noia?
Perché non sali il dilettoso monte
ch'è principio e cagion di tutta gioia?

DANTE ALIGHIERI, *Divina Comédia*, canto I

This is the way the world ends
This is the way the world ends
This is the way the world ends
Not with a bang but a whimper

T.S. ELIOT, *Os homens ocos*

Na Rua 4 em São Miguel Paulista, Zona Leste de São Paulo, existe um casarão onde se ensina esperanto. O casarão é uma lembrança de um passado recente, e foi construído em outros tempos quando por aqui existia um progresso industrial.

Na fachada do casarão, entre duas toscas colunas gregas, há frases em esperanto. Lembrando um tímido pórtico.

O resto da vizinhança é apenas o resto.

* * *

O braço final da Rua 4 — um beco sem saída — é conhecido popularmente como "rua dos noias". Há também outros becos próximos para onde sempre retornam, ou para onde sempre "recaem", muitas pessoas; e para onde algumas se vão de vez e outras se aventuram, tal como nós — visitantes sem Virgílio em vigília crepuscular atrás de embalos químicos de outros.

Sem poema do beco, embora o que eu veja seja o beco.

Mas hoje, como desde muitos séculos, existe por perto algum *dilettoso monte*, a não muita distância, e que é reduto de privilegiados.

* * *

Neste canto nada separa claramente este lugar do entorno da cidade. O Aqueronte é um córrego imundo. Os Carontes são "olheiros", "gansos", "malas", "vapores" e "aviões" — uns malditos porteiros da noite.

O único pórtico é o do casarão onde se ensina esperanto. As frases neste pórtico poderiam encobrir a famosa inscrição que convida a deixar de fora a "última que morre": *lasciate ogni speranza, voi ch'intrate.*

Todavia, nem sempre é assim por aqui, porque tudo é maleável nestes caminhos que percorremos através de ilusões químicas alheias.

* * *

Se aqui estamos em terra de todo mundo e se aqui estamos em terra de ninguém, vejam vocês todos, meus leitores, a paisagem que se estende pela Rua 4.

Um pedaço de rua margeia uma linha de trem em proximidade a uma avenida onde, do outro lado, fica o restante de uma gigantesca fábrica de produtos químicos com galpões abandonados de vidros partidos, lembrando um monstro pré-histórico deitado, as chaminés eretas exibindo potência industrial.

No canto noioso quase sem calçamento existem muitos tufos de mato, lixo empilhado e pedras ordinárias. Onde transitam, neutros pela noia, inocentes velhos aposentados e também tipos desempregados ou apenas desocupados.

Uma escadaria caindo aos pedaços, subindo do beco até a avenida, é uma das fronteiras da Rua 4. Ao longo da avenida, para os lados da estação de trem de São Miguel, há um ruidoso comércio popular: pequenos bares, lojinhas de um e noventa e nove, hotéis nada familiares, barracas de camelôs, e puteiros com trepada a doze reais sendo que a profissional do sexo recebe seis. Seis paus, como dantes se falava.

Muita noia. Alguém duvida?

* * *

Um longo muro corre paralelo à linha do trem, dividindo um nada além de uma noia aquém.

O entorno é no mínimo curioso: de um lado o comboio mecânico; do outro um trem de gente em fila de duvidosa alegria.

Enquanto viajam velhos vagões, ajeita-se uma gente nova e velha acocorada em viagens de outra espécie, parados passageiros em químicos embalos. Uns tomados — fumando pedras —, outros morgando sem nada a fazer. Uns puramente loucos, outros loucos de pedra, e por pedra todos ligados numa má educação pela pedra.

* * *

Pipocam moleques de rua, meninas bonitinhas, meninas recém-enfeiadas, umas achadas e umas perdidas; pipocam putas novas e putas velhas, umas carcomidas, outras, portadoras do vírus da Aids; circulam malandros traficantes, míseros cafetões, noias que são ladrões, noias que são apenas noias.

Eu sigo sob a sombra protetora de uma gente que dá assistência a essa outra gente. Eles sempre retornam a tanta noia para fazerem a tal "redução de danos". Eles se infiltram, suaves e benfazejos, neste canto como se tivessem passaporte exclusivo, azul, diplomático.

Nesta missão seguimos junto aos anjos até um pouco além do cair da noite.

* * *

Pois olhem bem agora. Mirem a paisagem.

Surge aqui uma moça magérrima.

Ela veste mini-blusa preta que descobre a barriga. Ela lembra uma vedete de show de variedades. Súbito se agita e, sendo mal passista, arremeda um tango. Quando nos vê põe entusiasmo na voz como se fosse mulher de boate de segunda anunciando um mísero show de malícia e sedução.

Ela se transfigura, a voz fica áspera, ela enfia a mão pelos cabelos, se torce toda, amaldiçoa os que entram neste canto. Vomita palavras:

— Vermes, vermes, vermes.

Inclui na plateia uma mulher madura à distância sentada numa calçada partida e tomando cachaça, parecendo uma dona de casa ordinária.

A moça treme. Seus olhos faíscam. Ela escancara a boca e deixa entrever dentes podres. Uma baba escorre da sua gengiva gasta. Súbito ela se acalma, fica com um jeito comum de muitas mães, e — feito mãe coruja — fala carinhosa de um filho de doze anos que é um homenzinho e já tem namorada.

De repente ela se horroriza com medo da polícia. Afirma que juraram matá-la e que sempre o fazem. Confessa várias passagens atrás das grades. Deseja internação em casas de recuperação. Apega-se e desapega-se a quaisquer vozes sedutoras, liga-se frouxamente a malandros oportunistas conquistadores, a chefes do tráfico e a pastores de igrejas pentecostais. Loucamente acrobática, faz de si própria um pequeno carnaval pessoal entre risos e lágrimas.

Sim, tudo isso é muita noia. Alguém duvida?

* * *

Depois aparece um tipo cujo semblante transita entre o malicioso e o pesado. De profissão ladrão — diz ele sem delongas. E revela suas "fitas" diárias.

Metódico, hospeda-se em hotel ordinário para seguir no seu caminho diário das pedras. Confessa que se fosse ladrão não viciado já teria feito seu pé-de-meia. Aparenta uns trinta anos, tem tatuagens macabras, tem marcas de feridas na cabeça e nos braços, olhos fundos brilhando em perspicácia malandra.

Ele aprecia a retórica vulgar. Parece estar acostumado a porcos discursos moralistas contra o vício no intuito de atiçar a piedade alheia. Vem com uma conversa típica de bandido, com meias verdades e meias mentiras, várias passagens por cadeias, o diabo feito lei e fora da lei, o abandono da família, o futuro ausente, a miséria e o cacete. É uma mesma história. Hoje como dantes.

* * *

Seguimos todos caminhando ao longo do muro.

Irrompe na cena um tipo louco de pedra a gritar. Parece um pregador evangélico de subúrbio surtado que, de repente, some de vista.

Prosseguimos em cautelosos passos ritmados.

* * *

Nossos olhares se voltam para um garoto deitado entre tufos de mato e papelão. Ele tem cheiro de solvente e não acorda com nossas vozes, nem com toques no ombro. É um menino loirinho amorenado tipo sarará. Tem cicatrizes horríveis na face. É chamado por aqui de "noinha" em apelido adocicado, mascote deste canto.

Há pouco tempo jogaram gasolina no seu corpo e atearam fogo. Ele virou ínfimo herói de si mesmo, sacudiu as chamas na poeira e deu a volta por cima.

Adiante encontramos um rapaz simpático, olhos vermelhos inquietos numa busca perdida. Percebe-se que está possuído e olha para cima em gestos caprichosamente confusos. Tem pouco mais de vinte anos, é infantil, ingênuo na sua química fissura. Fala com pieguice de uma paixão romântica que reside na pessoa ao lado.

Mas ele não olha diretamente para seu objeto do desejo ao apontar — com a mão desvinculada do olhar — para uma morena bonita de cócoras que, resignada, ri dos entusiasmos românticos do rapaz.

Ele é céu e ela é terra. Alucinado, ele é ridículo em seus arroubos, mas sabe que neste território vale-tudo ao mesmo tempo que vale nada. Uma vida humana custa aqui um real.

Ela, lúcida e sem químicos embalos, confessa ser mulher de bandido. Teme que seu sombrio cara metade, em fuga já anunciada da penitenciária, deite os dois amantes por terra rasgados de lâmina ou furados de bala.

Mas o rapaz tem a indiferença dos contempladores dos abismos passionais. Ele se acomodou no fundo do seu poço e acredita que a distância para cima seja infinita. Por isso proclama sua paixão acima dos perigos mundanos. Fissurado, viaja rumo às estrelas de sua eleição como se o caminho das pedras seguisse muito além da fumaça soprada rente ao céu da boca.

Ah, isso lembra *stairway to heaven*, lembra *knocking on heaven's door*. Anos sessenta, anos setenta!

E sempre cabe um pouco de Oriente nesses embalos nostálgicos! Os Beatles e os Rolling Stones foram meditar na Índia, não foram?! Isso mesmo. Tanta gente ouviu e viu *lucy in the sky with diamonds!* Pois esta "brisa" — profana ou sagrada — faz parte da busca pela humanidade de uma repetitiva sabedoria perene.

Não é à toa que um dos anjos da noite faz uma revelação: é budista. Então ele nos conta a velha metáfora da flor de lótus que, do pântano, mira o céu.

O rapaz simpático mal escuta a metáfora. Ele metaforiza a modo próprio, fixado nas invisíveis estrelas por detrás do véu de imundície que cobre a Pauliceia. A morena bonita, de cócoras, torce a cabeça e sorri. Outros viciados, também de cócoras, tamborilam e pitam seus humildes cachimbinhos. Todos juntos parecem uma tribo, são mesmo uma tribo, e a cidade tem várias.

Há um silêncio de falsa calmaria. Nós permanecemos olhando parados como se o tempo ficasse suspenso.

Perpassa no ar uma ilusão geral como se um jogo de dados abolisse o acaso.

O trem passa. Dá impressão que ainda apita, que sai vapor da maria-fumaça. Mas é tudo brisa.

A terra treme um pouco, em transe, e a terra, neste canto, é gasta entre a potência e o ato por onde cai a sombra.

Esta também é uma forma em que o mundo acaba.

No entanto, tudo retorna a um ponto de partida de modo a cumprir um retorno. E, se fumaça sobe, é a que vem dos cachimbinhos e junto a uma voz solitária cantarolando um rap: "o beque está queimando, fumaça sobe... Fui atrás do paraíso e não encontrei nada não". É tudo pó e pedra.

A missão dos anjos da noite está terminando. Organiza-se o encerramento. Na saída, como também na entrada, não há óbulos pois os anjos estão isentos de taxas de fronteiras. Os Carontes estão amansados e suaves, e com eles basta a linguagem maneira: — é isso aí mano, tá limpo, tudo beleza, tudo firmeza, falô irmão.

Cai noite funda.

Enquanto nos retiramos, a moça de blusa preta e barriga de fora continua a vomitar as mesmas palavras contra o mundo: vermes, vermes, vermes. O "noinha" mascote ressona com a face colada na terra e poderá amanhecer com a boca cheia de formigas. O de profissão ladrão ginga ao léu imaginando sua próxima "fita" pedra após pedra. O rapaz simpático e possuído segue olhando as estrelas invisíveis do céu paulistano, e mirando, talvez, algum *dilettoso monte.*

Ao longe, em elevações de terreno, reside uma pequena burguesia suburbana: são comerciantes, profissionais liberais e similares. Por lá transitam os relativamente felizes, os que têm mais e choram menos. E todos os outros.

O inferno são os outros.

Mirem-se um pouquinho na Rua 4.

Hoje, como antes.

De resto, *perché ritorni a tanta noia*?

# Crack entre dois julgamentos

Robinho[1] tem vinte e oito anos. Ele admite haver usado várias drogas sem ter tido maiores problemas, porém aos vinte e seis anos conheceu o crack, viveu outra experiência que o levou ao "fundo do poço", e precisou de ajuda e tratamento.

Robinho tem olhar observador, analítico e levemente malicioso. Seu discurso é claro, impositivo e um pouco formal, e se ele é simples, educado e sintônico, deixa transparecer um envolvimento com a malandragem e o crime.

Eu tive a impressão desse envolvimento no início da entrevista e, não sem motivo, observo em Robinho uma agressividade velada e distante. Então decido olhar firme para ele e arriscar um palpite intuitivo.

— Alguma coisa séria e incomum deve ter acontecido com você aos vinte e seis anos.

Robinho me observa atentamente e comunica surpresa e concordância por meio de expressões faciais e movimentos de cabeça. Assume uma feição desconfiada de quem se lembra de algum fato importante e hesita em dizer o quê.

Após nova pausa prolongada, faz-se presente na sala de atendimento uma súbita confiança e uma aliança temporária. Robinho sinaliza que vai abrir o jogo para que possa continuar à vontade no tratamento.

---

1. Os nomes foram trocados para preservar a identidade dos envolvidos.

Sim, ele admite que aconteceu uma coisa grave, e se coloca numa postura reflexiva e tensa. Então declara que aos vinte e sete anos saiu do PCC por um motivo muito importante. Não devido ao crack, porque o crack foi consequência e não causa. Sem precisar dizer que ele sabe muito bem que os "irmãos" do partido não tolerariam uma droga proibida para uso, embora livre para comercialização. Ainda mais porque Robinho não foi um ladrão qualquer.

Ele subiu na hierarquia do partido, participou de assaltos maiores como roubo de carga e teve um padrão de vida razoavelmente bom. Teve dois carros, moto e casa na praia, tirou proveito da vida e esbanjou bebidas finas e "farinha branca" em muitas reuniões e festas, como vinha fazendo desde adolescente.

De repente eu percebo em Robinho uma sinceridade confessional. Que costuma surgir naquele momento crítico em que o adicto se encontra numa situação limite sem mais a perder e sente que precisa botar tudo para fora. Caso contrário o sofrimento irá aumentar com recaídas sucessivas e retomadas sem fim da busca infernal pela "brisa" das drogas.

— Vou contar ao senhor como se deu minha saída do partido.

* * *

Robinho nasceu e cresceu em Cidade Tiradentes, Zona Leste de São Paulo. Foi uma criança agitada e fez de tudo que se espera quando se é moleque na periferia. Mas bem cedo fez incursões também no que ele chama de "coisa errada", feito a participação em pequeno tráfico e pequenos furtos.

Até aí, no entanto, não há grandes novidades. Nas "quebradas" onde Robinho cresceu é comum a participação de muitos moleques em atividades dessa "coisa errada", sem que todos sigam, mais tarde, o caminho da contravenção ou, na condição de usuários, caiam na dependência de drogas.

No caso de Robinho as tentações para a "coisa errada" aconteceram junto a muita influência religiosa e, principalmente, evangélica, em lugares cheios de igrejas de "crentes", sendo que a família de Robinho, bastante crente, nunca foi ligada ao crime.

Esse convívio de religião e crime na periferia distante é comum. É como se houvesse um instável equilíbrio entre o sagrado e o profano e entre igreja e contravenção. Embora o que acabe valendo na práxis seja a imposição da lei crua da vida em um mundo de homens que se organizam nas possibilidades dos seus desejos e ambições. Onde o Estado e a cidadania estão pouco presentes. Onde alguma "ética" funcionalmente prática e cruel regula a vida das pessoas a mando de uma ordem e interesses suspeitos.

* * *

Robinho teve um amigo muito chegado chamado Vado. A família de Vado sempre morou na mesma vizinhança, sempre foi muito conhecida da família de Robinho e é também evangélica.

Desde crianças Robinho e Vado frequentaram bastante a mesma igreja, onde iam a festas e a encontros na companhia de familiares, e onde todos cantavam louvores e usavam as melhores roupas. Mas na época da adolescência os dois amigos andaram largados pelos becos e espaços vazios de Cidade Tiradentes numa relativa liberdade passageira. Fizeram traquinagens, empinaram pipas, jogaram bola e coisa e tal.

A vida tomou seu rumo conforme os caprichos de cada um e, na medida em que surgiam nos dois uma certa inquietação e uma rebeldia, acrescentaram-se ainda certas influências e oportunidades.

Como sempre, a ocasião faz a hora.

Quando ambos estavam no final da adolescência, Robinho entrou no PCC e Vado entrou numa facção rival. Encontravam-se uma vez ou outra e, quando Robinho cresceu na hierarquia do partido, os "irmãos" sabiam dessa amizade e faziam vistas grossas. Isso, todavia, não é de se estranhar, porque ligações com rivais ou eventuais inimigos é comum na história dos homens e dá um gosto adicional na dinâmica das organizações, seja do crime organizado ou não.

Acontece que, com o passar do tempo, tudo se complicou. Os "irmãos" alertaram a Robinho que Vado estaria metido em ações que levaram à morte alguns membros do partido. Robinho, por gozar de respeito e posição, achou que exerceria influência pessoal para resolver aquele caso e reafirmou sua vontade e determinação de que Vado fosse respeitado porque era seu amigo de infância, família e igreja.

Os "irmãos" disseram a Robinho que trouxesse Vado para uma reunião apenas de esclarecimentos. Robinho se preparou para essa missão e, devido a desconfianças e rivalidades entre facções, criou um estratagema para que Vado chegasse à reunião enganado e sem saber que era a pessoa esperada.

Robinho buscou o amigo na sua casa em Cidade Tiradentes e inventou a desculpa de que se tratava de um assunto de rotina. Garantiu que não haveria problema algum.

* * *

O lugar da reunião era um galpão resguardado e estrategicamente bem situado onde se faziam julgamentos. Quando

Robinho chegou trazendo Vado, estavam ali presentes vários membros do partido. Parecia um encontro importante e era mesmo.

Depois dos informes iniciais passaram-se às acusações. Robinho sentiu que sua influência para intervir era praticamente nula. Seu amigo logo percebeu que a reunião era por causa dele.

Defendeu-se, argumentou, virou-se como pôde. No entanto, as insinuações e testemunhos o incriminavam, seus argumentos perdiam terreno e os dos outros, ganhavam.

As acusações foram repetidas com vigor e agressividade verbal. Todos os membros da reunião, colocados num semicírculo, passaram a olhar fixamente para Vado, que ficava cada vez mais acuado. De repente Robinho avistou três "irmãos" fortes se aproximando de Vado por detrás.

Foi uma cena de fulminante rapidez. Os três "irmãos" tomaram de um fio de varal e o enrolaram num só golpe no pescoço de Vado que foi erguido bruscamente.

Suspenso do solo, Vado agonizou por alguns minutos até ser tombado como massa inerte. A reunião foi encerrada.

* * *

Neste momento da entrevista, os olhos de Robinho marejam e ficam meio estatelados.

— Ele demorou pra morrer, ele demorou pra morrer. Podia ser mais rápido, mais rápido, ele demorou pra morrer, demorou.

Robinho, mais homem do que rapaz, treme. Olha, meio confuso, para várias direções. Eu aguardo que ele retome um pouco a calma e a segurança.

Pouco tempo depois, Robinho assume a mesma postura do início da entrevista e me diz, com firmeza, que, após a execução de Vado, tomou uma decisão: pedir sua saída do partido.

Antes que eu coloque dúvidas a respeito dessa decisão, Robinho me adianta que sabe perfeitamente ser muito difícil sair do PCC depois que se consegue certos postos. Não é novidade alguma quando se trata de facções do crime organizado mundo afora.

Mas ele tem algo mais a dizer.

* * *

Robinho volta a falar do crack. Confessa que este uso, intenso e contínuo, começou após a morte de Vado. Ele passou a sofrer de crises de persecutoriedade dentro do que seria a mais perfeita "noia". Ouvia "vozes", e ainda mais enquanto tinha a impressão de que sua amizade com Vado poderia lhe render acusações de escancarada cumplicidade.

No entanto, havia tomado uma firme decisão. E se por acaso seu pedido de saída do partido chegou a lhe parecer uma forma velada de suicídio, ele estaria pronto para tudo o que viesse.

O julgamento durou umas oito horas. Mesmo um pouco "detonado" pelo crack, Robinho debateu bastante, foi ameaçado e defendeu-se de acusações fazendo-se advogado de si próprio.

Sendo prudente e ardiloso, ele não fez sua defesa em nome apenas de uma amizade. Foi "político" o necessário para não deixar de admitir verdades convenientes que satisfizessem uma ética suspeita e implacável. Mas reconheceu a amizade com Vado desde a época de adolescência, sem deixar de citar os exemplos das famílias evangélicas e a frequência às igrejas. Não se mostrou revoltado pela execução brutal de Vado para não contaminar o julgamento com apelos sentimentais.

Robinho fez questão de passar a mensagem de que se fez homem pelas vias do crime. Enfatizou respeito às leis do partido e, em momento algum, deu a impressão de querer se colocar acima delas.

Robinho aproximou, enfim, o discurso tosco da gangue ao discurso refinado de uma assembleia de cidadãos em alguma *polis* do planeta. Mais ainda: talvez ele tenha reproduzido alguma lição da Política que seria endossada não por Aristóteles e sim por Maquiavel. Embora exista, no caso de Robinho, bastante sentimento, e Maquiavel separe os sentimentos pessoais dos interesses do Estado.

* * *

Robinho realmente temeu que sua saída fosse negada e houvesse terríveis consequências. Temeu pela vida quando sua mente o fazia ver toda hora Vado erguido pelo fio de varal e se contorcendo suspenso no ar diante de todos os "irmãos". Por isso ia se mantendo pessimista, mas não perdia a fibra e continuava na sua defesa.

De repente eu arrisco uma observação delicada:

— Se você tivesse dito que estava usando crack teria morrido, não é verdade?

— Sim, porque isso não é aceito no mundo do crime e ainda mais na minha posição.

* * *

Quando o julgamento terminou, o "irmão" graduado que presidia a reunião proferiu a sentença.

Rezava a sentença: "você não é mais irmão; pode fazer o que quiser; se quiser roubar pode roubar, se quiser ser trabalhador pode ser trabalhador; se quiser ser zé-povinho pode ser zé-povinho".

* * *

Mais aliviado agora, Robinho volta a me falar sobre o crack.

A dependência seguiu rápida porque ele já era usuário de "farinha branca". O crack, porém, assumiu uma proporção diferente. Não houve descobertas novas e ele não passou pela fase do prazer impactante e nem sequer pela busca do prazer.

O crack foi um recurso compulsivo de alívio inútil. O sentimento de culpa não o deixava e a família evangélica de Vado sempre acusava Robinho de ser o agente do PCC que foi buscar seu amigo em casa, o enganou e o levou ao matadouro.

Incapaz de rebater a críticas que continham um fundo de verdade, Robinho afundou na culpa e acabou se mudando de bairro. Mas o crack o acompanhou e tomou conta dele. A pedra passou a ser um recurso maldito, obsessivo e repetitivo para aliviar uma tensão interna crescente. Seu "fundo do poço" ampliou-se num torvelinho de autoincriminações.

* * *

Ao final da entrevista não me ocorre qualquer história mitológica que esclareça o caso, e sim a lembrança de uma frase de Kierkegaard, um dos precursores do existencialismo: "querer ser quem se é realmente é na verdade o oposto do desespero".

Pois então, uma chave neste caso é fazer com que o desespero de Robinho o auxilie a encontrar seu verdadeiro "eu". Assim, de uma tal maneira, que essa chave esteja situada na passagem pelo caminho da pedra concreta dolorosamente sedutora; mas também esteja situada a meio caminho de outra pedra simbólica lhe despencando, esmagadora, na consciência e diante da qual as pedras menores vendidas nas biqueiras constituem apenas fumaça.

Ao final da entrevista Robinho volta a ter a mesma postura do início. Momentos de calma e silêncio sinalizam uma mensagem implícita de que ele não teria falado nada. Ou queria determinar um certo apagamento, ou um esquecimento de tudo.

Ele me agradece e afirma que prosseguirá no tratamento. Retira-se — educado, melancólico, algo formal e com um ar de ligeireza e malícia — equilibrando-se com alguma força física e psíquica que ainda lhe restam.

Num sentido bom e mau eu percebo que ele é mais um obsessivo nesta vida torta e certa, e que seu desespero lhe rende esperanças de um encontro consigo mesmo.

Torço para que Kierkegaard tenha razão. E quanto a Robinho, ele nem precisaria saber agora da existência desse filósofo, que era obcecado com o tema bíblico do sacrifício e também se debateu entre outros tipos de desespero.

* * *

*Quando trabalhei na área da Nitroquímica, em São Miguel Paulista, encontrei comunidades com cinquenta por cento das pessoas vinculadas ao narcotráfico, seja diretamente, ou então indiretamente como colaboradores.*

*Tratava-se de uma rede economicamente ativa girando em torno do negócio da droga ilícita. Nesse meio e nesse mesmo espaço cruzavam-se chefes do tráfico, bandidos perversos, bandidos com caráter, "aviõezinhos", pobres diabos, donas de casa, receptadores, olheiros, zé-povinho e o escambau a quatro.*

*Como discernir aqueles que teriam transtorno de conduta ou coisa parecida, aqueles supostamente considerados "sociopatas", aqueles verdadeiramente perversos, ou aqueles simplesmente habituados a viver em determinado modo de produção e até muito em paz com suas consciências?*

*Bem ou mal nos becos da existência, há problemas em todo canto e há muitas soluções apenas parciais. No palco do mundo real todos se viram à própria sorte mesmo que, segundo os crentes, tudo esteja entregue nas mãos de Deus.*

*E tem mais: falando-se de uma população jovem ou jovem adulta e vulnerável para o crime e para as drogas pesadas, existe um território intermediário dos que — principalmente adolescentes periféricos — passam por períodos críticos de delinquência e uso de drogas e depois se tornam, aos trancos e barrancos e sem terapia afora as igrejas, ah, se tornam uns trabalhadores ou peões, engrossando essa massa humana vivendo longe do centro da cidade e enchendo todos os dias o trem, o metrô e as lotações.*

*Mas Robinho é, digamos assim, uma criatura distante de ser um peão comum. Ele é verdadeiramente um "personagem" desta crônica e parece ter um diferencial no meio em que habita.*

*Não foi à toa que observei nele uma "garra", uma inquietação produtiva, um caráter bem presente, um dilema existencial e uma propensão a depositar confiança e a fazer alianças.*

*E eu assim o digo sem que eu o considere — diga-se de passagem — como sendo qualquer modelo de virtude ou "flor que se cheire". Também sou sincero em admitir que não endosso o que me foi dito por ele ao pé da letra, apenas me deixei levar por sua narrativa clara e sintônica.*

*Além disso suponho que se tudo não é propriamente vero na íntegra, é pelo menos* ben trovato, *como reza o provérbio italiano. Mas como tenho conhecimento de histórias mirabolantes envolvendo facções criminosas, e como nessa área há tantas exceções quanto regras, tudo acaba sendo possível debaixo do sol e principalmente debaixo das sombras.*

*Isto é, tudo acaba sendo possível desde que tudo seja dito de maneira convincente entre quatro paredes num desabafo, considerando-se que todo mundo, sem exceção, mente e diz a verdade o tempo todo e que cada um de nós tem seu autoengano e você, leitor, não é exceção.*

*Quanto às verdades ocultas em relativo segredo ou situadas por detrás da opinião ou da* doxa *comum, nós sabemos que elas existem mas estão sempre fugindo. Eis aí, por sinal, o elemento invisível presente na penumbra inevitável dos discursos, tal como é discretamente mostrado, aliás, num belo conto de Edgar Allan Poe,* O Homem da Multidão (Man of the crowd), *em que bem no início Poe escreve uma frase em alemão —* es lässt sich nicht lesen, *ou seja, é aquilo que não se permite ser lido, e que poderia ser também aquilo que (talvez) não se permita ser dito.*

*Como está numa frase de Dante aludindo às profundezas do que transigiria a consciência a partir de um certo limite. Uma frase citada bastante por mim:* s'i'odo il vero, senza tema d'infamia ti rispondo *(se eu escuto o verdadeiro sem receio da infâmia eu te respondo) — uma referência literária ao ponto máximo de tensão em que se dá uma implosão do autoengano e vem tudo para fora, ou seja, chega a hora da verdade, chega um momento catártico.*

*Mas enquanto não se chega a este ponto, a realidade pode ficar mascarada naquilo que não se permite ser dito ou ser lido. Daí a necessidade de uma "escuta" verdadeira, íntima, que rompa com a retórica vulgar do autoengano ou do discurso que é lugar comum.*

*Nada mais próximo da saga terrível de Robinho, que eu diria ser quase tragédia grega a partir de um percurso canhestro de um anti-herói das sombras a purgar, pelo sofrimento do crack, a culpa relativa pela morte do amigo Vado, misturando sentimento legítimo com modestas maquinações maquiavélicas numa assembleia de contraventores.*

*Quero aproveitar a oportunidade para comentar que Robinho lembrou para mim muitos atendimentos feitos com meninos do crime sem qualquer* status *elevado dentro das facções. Eles eram, na verdade, uns "pés de chinelo", uns aventureiros meio doidinhos, uns zés-ninguéns da vida.*

*Muitos acabavam mortos num rolo compressor da "limpeza" promovida pelos que realmente fazem carreira profissional na bandidagem.*

*Eu me lembro de ter conversado bastante, há alguns anos atrás, em Ermelino Matarazzo, com um deles, adolescente bem dotado de cabeça e que também teve influência evangélica marcante.*

*De vez em quando eu o chamava para almoçar comigo num boteco próximo ao meu trabalho, e dessa maneira pude conhecê-lo melhor. Percebi logo que ele tinha pretensões toscamente românticas e equivocadas, e uma vez me disse que roubava porque "tudo era culpa do capitalismo".*

*Achei no mínimo esse discurso notável e ele me falou ainda em socialismo. Puxa vida! Mas verifiquei depois que ele, infelizmente, nada sabia sobre socialismo e nem sobre capitalismo. Ele era apenas um retórico malandro. Simpático, envolvente.*

*Mas ainda assim eu disse a ele que o crime, na minha opinião, é basicamente capitalista e não busca a distribuição dos bens, muito pelo contrário. Ele me disse cinicamente que roubava* playboys *e não trabalhadores.*

*Eu respondi que normalmente não está escrito na cara de ninguém quem é* playboy *e quem é trabalhador. E perguntei: ah, e você o que é?! Ele não respondeu e eu resumi minha opinião lhe dizendo que ele roubava a quem ele achava que era* playboy *porque, lá no fundo, tinha vontade de ser* playboy.

*Em seguida acrescentei que manos e* playboys *podem ser, além de estereótipos, farinha do mesmo saco no imaginário de manos e de* playboys *e de toda uma sociedade que inventa manos e* playboys.

*O moleque teve um momento feliz de autocrítica e acabou reconhecendo isso como uma grande verdade. Desabafou admitindo que invejava os que ele tinha em conta como* playboys.

*Eu o aconselhei a não migrar para o crime organizado porque ele não teria vocação para isso (ou sei lá se ele ainda teria mais vocação!), esperando eu que ele fosse aprender melhor sobre o capitalismo e o socialismo e sepultar seus devaneios imaturos.*

*Mas tudo isso, caro leitor, seria quase outra história, não é mesmo? E voltando propriamente ao assunto, veja bem: Robinho, nos dias de hoje, não tem praticamente nada em comum com esse moleque, embora no início talvez eles se assemelhassem; Robinho já passou muito além da fase da inveja por um suposto* playboy *imaginário e ademais não está preocupado se o crime organizado é ou não capitalista.*

*Robinho é ardiloso, moderno e global e sabe que em todo este planeta Terra as pessoas são, tantas vezes, suas próprias aparências ou são* personas *aos olhos dos outros. E os bandidos, como também a polícia, podem se orientar pelas aparências, e todos são influenciáveis para o convencimento desde que haja encenação e retórica suficientes.*

*Também as tais vítimas, sejam boazinhas ou não, e também os tais algozes, sejam monstruosos ou não, todos são ligados entre si por estranhos laços, e Robinho tem disso uma boa percepção intuitiva.*

*Enfim, volto a olhar melhor para Robinho que, na verdade, jogou-se mesmo no crime, fez um pacto, foi "bom aluno" da contravenção e absorveu leis e normas de uma organização do submundo.*

*Mas acontece que Robinho levou embutido no seu pacto dilemas morais urdidos, mesmo precariamente, sob uma égide evangélica de periferia. E digo aqui, bem a propósito, e de passagem, que observo muito dessa influência religiosa nos contraventores e nos drogados pesados.*

*Eis porque me veio à mente uma frase linda de Kierkegaard e não um mito grego para melhor resumir o caso Robinho. Porque Robinho me parece, de longe ou por meio de um simulacro, um ser pequeninamente faustiano sofrendo dilacerações entre seu suposto "eu" mais verdadeiro e, por outro lado, as farsas postiças de "eus" espúrios mediados pelas ilusões diabólicas do crime e da droga. Daí sua grande dor e sua relativa grandeza anônima, justamente aquilo que me empolgou.*

*Seria mais ou menos isso, caro leitor, o que eu teria de comentar, mas vou terminar agora com algumas considerações, talvez um pouco do domínio das neurociências, para dar um fecho nas minhas apreciações sobre o caso Robinho e o de tantos outros "personagens" notáveis das sombras.*

*Quando eu atendia a vários moleques do crime, percebi claramente que eles passavam por fases nítidas que podem até ser sequenciadas conforme uma metodologia científica.*

*Eu verificava o seguinte: havia a antecipação do prazer antes do assalto, depois havia uma inquietação frente a um desafio proposto, depois uma tempestade de perturbação prazerosa ou de busca de prazer envolvendo perigo na iminência do assalto, e por fim havia um período rebote de depressão após o assalto.*

*Depois se seguia um período letárgico ou refratário no qual o moleque ficava meio amuado para que então lhe viesse uma espécie de "coceira" ou de vontade de pegar a arma de novo e sair por aí para fazer uma "fita", sozinho ou acompanhado.*

*O mais significativo é que quase sempre o ritual valia mais do que o próprio produto do roubo. Melhor dizendo: interessava mais, no ato de contravenção, o meio e não o fim; e a própria busca desencadeava um mecanismo de autorrenovação.*

*De maneira bem reveladora, isso tudo aproxima-se de um ritual envolvendo, por exemplo, o uso de uma pedra de crack, ou de cocaína, ou de outra droga psicoativa pesada.*

*Observe-se que essa sequência de etapas pode perfeitamente ter uma expressão neuroquímica no tal sistema de recompensa do cérebro e seguir no curso das mesmas vias e dos mesmos neurotransmissores envolvidos.*

*Costumo dizer que há pessoas — meninos e meninas, rapazes e moças — trazendo facilitações genéticas e "feridas" existenciais de criação que os podem conduzir atrás das mais diversas "brisas" enquanto eles buscam experiências que se contraponham à monotonia da vida rotineira.*

*Sejam eles os tais "buscadores de novidade" ou os que preferem a inércia de "mamar" na garrafa, pipar no cachimbo ou tra-*

*gar no baseado. Ambos os grupos, no entanto, acabam atolados na compulsão para a repetição, que é na verdade uma monotonia.*

*Lembro ainda que o meio ambiente pode ser decisivo para ativar mecanismos predisponentes ou para não os ativar, direcionando potencialidades psíquicas de hábito ambivalentes.*

*Para quem trabalha com adictos, a grande questão é como tirar bom proveito terapêutico dessa inquietação que os drogados costumam ter por novidades. A difícil questão, todavia, é como direcionar positivamente essa insatisfação contínua.*

*Robinho, em resumo, é um ser complexo e inacabado. Mas ele é, afinal de contas, um homem feito, se bem que ele seja ainda um pouco* puer *, ou é um rapaz meio menino, ou foi um menino criado numa ética religiosa, um menino inquieto e ousado mas com a peculiaridade de estar aberto a um olhar sobre si mesmo mediado pelo que lhe resta de caráter.*

*A crônica e/ou o conto-crônica pode vir dessa tensão que me despencou, tão confessional e aparentemente tão sincera, durante uma longa e decisiva entrevista e no bojo de uma crise de consciência, e seja até por uma ótica kierkegaardiana do desespero.*

*Digo desespero entre dois julgamentos com a pedra de crack no meio. Ou digo desespero mediante as vicissitudes de um simulacro do mito do herói conforme alusão distante aos "clássicos" modelos do teatro grego.*

*Seria isso e muito mais sobre este Robinho, caro leitor. Porque ninguém é transparente e se Robinho é um só ele pode ser muitos!*

*Até mesmo legião.*

# A lágrima atrás do gorro ninja

*Alguns encontros são marcantes e jamais serão esquecidos.*

*Transcrevo, ou então rescrevo, algumas semanas depois, o que teria sido, aproximadamente, a confissão de* WR:

Fumei maconha quando tinha uns dez anos e até os quatorze era um moleque quieto e bem comportado, o melhor aluno da minha sala. Usava óculos de lente grossa e por isso os outros moleques me zoavam, especialmente um moleque maior e mais alto que eu.

Teve um dia que ele me mandô trazê um pouco de cola, eu disse que não dava pra trazê, ele me ameaçô, fez um gesto feio pra mim. Na saída me cercô e me bateu, socô minha cabeça na parede, ficô tudo arranhado e ferido e ainda o moleque quebrô meus óculos e uns estilhaços de vidro me feriram.

Eu saí da escola desnorteado e fui até a oficina do meu tio, uma oficina de desmanche. Meu tio, sabe como é, né, mexia com essas coisa e também com droga, fazia tempo ele era do crime. Mas aí eu cheguei no meu tio todo machucado e ele perguntô o que tinha acontecido. Quando expriquei que foi briga com um moleque na escola, meu tio disse que não podia ficá assim não, ele ia me ajudá a resolvê o caso. Aí eu me ofereci pra trabalhá pro meu tio e disse que daquele dia em diante eu tava com ele pro que ele precisasse.

Meu tio entendeu o acordo e sorriu. Depois pegô um treisoitão e me deu de presente. Em seguida pegô uma caixa de bala. E como eu dirigia desde pequeno porque meu pai tinha me ensinado dirigi quando eu tinha uns dez ano, meu tio me jogô as chaves de um Monza e disse que o carro era meu.

Daí eu virei um soldado do meu tio e comecei a trabalhá com garra.

Mas primeiro peguei o treisoitão e fui até a escola. Fiquei esperando o moleque. Naquele dia ele não veio, mas depois eu sempre esperava por ele. Um dia ele veio. Eu tinha o treisoitão na mochila e já fui dizendo: "qual é, mano, então você não se lembra quando você zoou comigo?". Eu encarei, ele encarô, eu saquei o treisoitão da mochila, o moleque ficô paralisado, dei várias coronhada na cabeça dele. Eu batia, batia e ele não fazia nada, só se encolhia com muito medo, e eu ainda segurei a cabeça dele e soquei na parede, e depois ele saiu correndo e nunca mais me zoou.

Depois daquele dia, mano, decidi ser bandido, quer dizê depois daquela briga, quando comecei a trabalhá pro meu tio.

Logo apareceram uns serviços, feito um desses aí da hora em que no meio teve — vou confessá agora — um homicídio. Que começô assim: uns caras que trampavam pro meu tio eram sangue ruim, eram uns ratos, mano, e como uns ratos eles ratearam a gente no bagulho de uma erva que na época valia muito mais do que hoje, tá ligado? A gente precisava sabê quem um deles era. Então andamo perguntando.

Tinha um cara lá perto da oficina do meu tio que sabia, mas era da mesma turma, e a gente desconfiava desse cara também. Mas daí nós ficamo sabendo por outros informantes quem era o rato.

Meu tio me comandô pra ação e eu tava a fim de arregaçá, tá ligado? Meu tio então me deu arma pesada e nós saímo na caça. No começo foi difícil achá, demo umas buscas e nada. Até que um dia eu avistei o cara perto da caixa d'água, disse pro meu tio que era ele mesmo. Corremo pra lá quando ele entrô num bar. Já fomo entrando arrepiando, mano, e eu já descarreguei um balaço no peito dele e meu tio chegô também atirando, e eu ainda mandei outro balaço no ouvido do cara, o sangue esguichô e ele tombô. Eu me senti forte porque tava junto do meu tio.

Foi meu primeiro homicídio. Depois teve mais um quando nós fomo atrás de um outro cara que também tinha rateado nossos bagulhos. Era um que tinha trampado comigo na Feira do Rolo de São Mateus, e meu tio descobriu que ele andava robando material nosso por lá.

Daquela vez foi mais difícil, mano, a gente precisô se disfarçá colocando uns gorros ninja. Então invadimo a casa do cara e já fomo arregaçando do mesmo jeito de quando fiz o outro serviço. Eu descarreguei o primeiro tiro, meu tio em seguida, mas o cara era duro na queda, difícil de caí, mano.

Então, lá de dentro da casa veio correndo um pivete de uns cinco anos, o pivete segurô na minha perna e disse pra mim assim: "tio, não mata meu pai".

* * *

WR ficou um pouco em silêncio, todo hesitante, o olhar parado no infinito. Eu devolvi sua atitude com um correspondente silêncio expressivo. Ele então superou um certo constrangimento, sentiu-se à vontade e continuou:

* * *

Aí eu fiquei olhando pro pivete que segurava a minha perna e eu juro que fiquei paralisado, mano, não sabia o que fazê, mas já tava tudo feito, e aquilo foi duro, qué sabê, porque uma lágrima veio no meu olho atrás do gorro ninja e ninguém felizmente viu, e eu me lembro que ainda teve uma mulher, acho que a mãe do pivete, ela apareceu lá de dentro desesperada e a gente em seguida vazô rápido.

O serviço já tava terminado, eu já tinha apagado o cara e a gente tinha feito justiça com nossas mãos. Mas eu juro, mano, eu juro que aquele pivetinho me segurando na perna foi o que me pegô, eu não consigo esquecê, não consigo. Por isso mesmo, olha aqui truta, vou dizê agora, aquele meu segundo homicídio foi o último. Depois, quando eu entrei mesmo no crime de cabeça, quando peguei cadeia e tive oportunidade de matá de novo, e quando me davam umas prensa pra apagá alguém — sabe como é essa vida bandida, né — eu sempre dava um jeito de não fazê.

Olha aqui, eu fico com aquilo na cabeça até hoje, mesmo que, naquela época eu tinha decidido segui na carreira do crime porque assim foi minha vida desde a briga com o moleque e desde que meu tio me deu o treisoitão, as balas e as chaves do Monza.

Mais tarde, quando eu ainda era de menor, consegui conversá com os "irmãos" do partido, assim de boa, e eles me concederam que eu podia começá trabalhando por conta. Então virei traficante e montei minha biqueira. Num dia tranquilo fui fazê propaganda do meu negócio debaixo de um viaduto onde se junta uma pá de noia, e ofereci umas pedra de graça pros noia, era um bagulho bom que eu tinha, porque na época eu tava sossegado e de boa.

Qué dizê, eu tava é ganhando uma grana da hora, mano, e se eu mexia com tráfico, de vez em quando aparecia, tá ligado, né, umas fitas de uns assaltos também.

Então a situação ficô embaçada quando eu já tinha feito dezoito anos e fui enquadrado no artigo 12 e no 157, fazer o quê, né, mano. Fui pará na detenção porque o destino muitas vezes é esse, cruel.

Na cadeia até que me dei bem, e na primeira oportunidade virei fugitivo. Me pegaram de novo, e acabei cumprindo cinco anos em regime fechado.

Olhe aqui, mano, eu já usava droga desde moleque, e não demorô eu tava cheirando um pó da porra, mas nunca fumava pedra. Na cadeia eu tinha sempre minha quota de maconha e farinha chegando pra mim toda semana, aí eu cheirava e fumava mesmo. Mas com essa história de detenção minha grana começô a sumi, eu também gastava muito com advogado, e quando saí da detenção, já faz uns meses no começo desse ano, eu tava mal de grana e com uma pá de dívida. Daí teve o caso de uma biqueira que eu entreguei quase de graça, por cinco mil, mano.

Mas o pior tava por vir quando um dia eu conheci umas minas gostosa da hora, e elas me levaram pra um lugar perto do viaduto dos noia, tá ligado, e aí eu fiquei lá com as minas dando uns tirinhos, eu e um outro mano chegado. A gente ficava assim de boa, a mil, a gente ia despejando farinha na bunda das minas, fazia umas carreirinha e dava os tirinho assim com o nariz encostado na bunda delas, na maior brisa, mano, e depois a gente fodia as minas, e cheirava, e fodia as minas e cheirava.

Mas foi quando uma das minas insistiu pra eu fumar uma pedra. Eu tava muito loucão já de tanto pó. Resolvi experimentá aquele outro bagulho pela primeira vez, pode crê, truta. Então foi de primeira, que quando eu fumei percebi que o bagulho é loko, fumei nem sei quantas pedra com as minas, e nóis tava ali vidrado, eu e mais o outro mano meu chegado, a gente tava bem loucão mesmo. Que depois não deu outra, mano, eu só pensava na pedra, na pedra, e pela pedra fui gastando o que tinha e o que não tinha, até me desfiz de um monte de arma da pampa que eu guardava, pode crer.

Depois comecei a robá tudo dentro de casa quando voltei a morá com meu pai e minha mãe, porque minha mulhé não me aguentava mais e resolveu ficá com meu filho pequeno lá na casa da família dela. Aí eu percebi que tinha virado um noia, e tanto foi assim que eu não tava nem aí quando fazia dívida em muitas biqueiras.

Óia só que coisa aconteceu em seguida. Eu, que tinha sido dono de biqueira, fiquei jurado quando a dívida ficou alta, mano, mas o bagulho é tão loko que a gente não liga pra dívida não, e eu vou contá uma coisa de quando fiquei jurado: como os cara me conhecia de outras paradas do crime, e eu ainda tinha um entendimento legal com os "irmãos" do partido, eles ia adiando, me dando chances, tá ligado. Mas eu nem queria sabê de nada, usava pedra direto, na maior falta de respeito.

Meu pai já tava desesperado, e o pior é que meu pai nunca me entendeu direito, ainda mais agora ele não entendeu mesmo me vendo no crack, sem falá que meu pai sempre me achô um folgado, um vagabundo. Pra dizê a verdade a gente nunca se trombô bem, e pior agora, mas a minha mãe sempre me entendeu melhor, só que a coitada tá lá com depressão direto, nem consegue comê.

E eu, mano, felizmente tou aqui já faz cinco dias, foi uma benção, acho que o senhor é um anjo que veio pra me salvá, e eu vou dizê uma coisa, truta, quando vi o senhor de primeira, o senhor se lembra, né, olhei nos olhos do senhor e pensei comigo, tive uma intuição de que "ah, ele não vai me caguetá não, só vai me dá uma mão". Porque alguma coisa me dizia isso e eu tou certo. Afinal de contas eu não tava certo? Tava sim. Porque eu tinha me apegado com Deus e buscava força com Jesus, lutava contra a piração da noia quando ouvia aquela voz de repente dizendo pra mim saí daqui e se enfiá na favela e ficá lá usando pra sempre, mas então eu punha Jesus no meio, me apegava com ele e tinha força pra dizer não, que nem me aconteceu ontem no jogo de futebol, questão de dois minutos, dois palitos mesmo, mano, quando fui tentado pelo maligno assim do nada.

Mas tou aqui inteirão e da próxima vez, se a tentação do maligno vié, se o maligno me tocá, eu vou me apegá na bíblia, e por isso quero dizê pro senhor que eu abri a bíblia num salmo e foi uma surpresa, fiquei emocionado quando percebi que eu me vi naquele salmo. Aquela passagem era minha vida, dizia tudo de mim, o senhor pode crê e o senhor vai vê, eu vou buscá a bíblia e faço questão do senhor lê pra mim essa passagem porque eu sei que o senhor lê bem.

* * *

WR foi buscar a bíblia. Abriu no salmo 88. Me pediu calmamente que eu lesse. Eu li, pausadamente, com voz cheia, aquele salmo 88, escrito em belas palavras. Salmo de um homem que, sentindo-se impotente e mergulhado nas trevas ou, como se diria hoje, "mergulhado no fundo do poço", implora a misericórdia de Deus.

Os olhos de WR brilhavam de pura ternura. Eu não observei nele fanatismo religioso, e ele não estava nem um pouco "hipnotizado". Pelo contrário, estava bem consciente e lúcido.

Aquele era um momento religioso e bíblico. Não havia lavagem cerebral, nem manipulação de seita. Pelo contrário: era um movimento próprio desse rapaz do crime, que acabava de desabafar, com clareza e sinceridade, uma história real e pungente de vida, dentro da qual as fraquezas eram admitidas diretamente e com verdade e simplicidade.

Vinha da boca dele uma história comum que teve seu marco inicial num episódio de *bullying*, foi parar numa agressão sórdida, gerou o ódio natural do ser humano, e gerou a correção do desagravo numa vingança até que "ética" no mundo cão, sem a barbárie que costuma ocorrer nesse mundo. Mas depois gerou uma aventura prolongada no crime, uma aventura "profissional" cheia de "adrenalina" e conforme uma busca de proteção paternal na idealização de um tio que hoje não possui mais oficina de desmanche e, segundo WR, está no meio do mato jurado por alguns "irmãos" porque "pisou na bola". Sem falar que o "livro da vida" reza que os ajustes de conta devem ser feitos para quem "pisa na bola".

Bem a propósito do "livro da vida", eu disse a WR que foi muito bom ele desabafar.

E foi justamente naquele momento que enxerguei no brilho dos olhos dele um alívio catártico em decorrência daquela confissão.

WR insistiu várias vezes de novo que não saía da sua cabeça a imagem do pivetinho segurando sua perna e falando aquelas palavras.

WR admitiu que podia ter "engolido sapo" na briga em que apanhou do moleque mais forte, porque se ele tivesse "engolido sapo" não teria havido os dois homicídios, e ele ainda jurou, e eu acredito ser verdade, que ele parou naqueles dois homicídios e nunca mais matou ninguém.

WR, num momento de leveza, tocando com a mão na bíblia aberta, me disse que vê de vez em quando o pivetinho, mas hoje ele é um rapaz. WR passa por ele, olha e se lembra daquela cena.

O rapaz nem sabe quem é WR porque WR usava um gorro ninja. O gorro máscara disfarçou, perante o tio bandido, que ele, WR, fraquejou e não conseguiu impedir a lágrima atrás da máscara.

Eu olhei nos olhos dele e falei, sem qualquer medo e sem receio, que aquela dor que punge, e ainda está presente, é o melhor que ele tem de todas as suas façanhas nas "quebradas" da vida bandida, dentro daquilo que ele chamou de "livro da vida". Pois é essa dor pungente aquela dor que não mente e vem de uma lembrança agindo como remédio, que pode dar um jeito nas nossas mazelas, pode até cicatrizar uma ferida e nos arrumar por dentro e no fundo da nossa alma.

WR entendeu muito bem, ainda mais quando eu fiz menção à palavra-chave "caráter", e disse que aquela lágrima atrás do gorro ninja era uma prova oculta e íntima do caráter que ele tinha. Aquela lágrima era um bem precioso que nunca ninguém dele tiraria.

Eu ainda disse que o melhor que tinha acontecido em toda a vida dele seria aquela lágrima muito especial.

WR ficou bastante emocionado e me deu um abraço de uma intensidade tamanha como eu tenho por vezes verificado nesses meninos do crime quando eles têm lucidez, arrependimento e afeto verdadeiro. Abraço com uma energia que eu diria dionisíaca, misturando devoção religiosa com homoafetividade; misturando carência de pai a intensidade companheira de afeto entre homens; de uma forma explosiva mas com uma energia vigorosa que pode sair do mal e ir para o bem.

Sem qualquer constrangimento, de repente eu me liguei numa letra bastante conhecida de uma música popular brasileira, e disse para mim mesmo, repetindo em silêncio íntimo, como em Gente Humilde: "eu que não creio peço a Deus por minha gente, são gente humilde, e que vontade de chorar".

Então me virei para WR, devolvi a bíblia e desabafei:

— Você sabe quem te salvou mesmo? Você sabe quem foi o anjo? O anjo não sou eu. O anjo foi aquele pivetinho que segurou tua perna. Ele foi a mão de Deus.

WR foi embora carregando a bíblia fechada, muito aliviado, o rosto sereno e tranquilo.

* * *

*Foi uma experiência pessoal de grande intensidade. WR apareceu no meu serviço e pediu ajuda. Confiou na sua intuição de momento, foi espontâneo: "eu tenho certeza que o senhor não vai me dedurar".*

*De repente WR foi tomado por uma confiança súbita e uma entrega. Estava detonado pelo crack e por isso eu abri uma exceção no atropelo de outros atendimentos.*

*Logo conheci sua família — um pai autoritário e uma mãe bastante consciente e participativa. Os dois apareceram algumas vezes no meu serviço, muito apreensivos.*

*Tempos depois encontrei WR internado numa comunidade terapêutica onde eu prestava alguns serviços.*

*Foi quando se deu aquela "passagem bíblica" sincera da leitura do salmo bonito em um momento verdadeiramente religioso, sem fanatismo, quando WR escancarou sua história de vida a partir do episódio de* bullying. *Quando ele não escondeu seus crimes capitais e expôs francamente sua vida bandida, admitindo os dois homicídios na adolescência.*

*Acredito sinceramente que WR não deva ter mentido. Ele não tinha muito a perder. Além do mais, o que veio mesmo dele foi uma confissão num momento de intensa verdade em que o paciente adicto grave não oculta suas sombras profundas porque se sente momentaneamente livre, porque está rendido na tragédia pessoal para a interlocução acolhedora, e também porque mobiliza o fito sublime de expor sua luz irrompendo da escuridão.*

*Por esse motivo achei interessante analisar um pouco o caso do ponto de vista psiquiátrico, uma vez que o comportamento de WR pode ser considerado um transtorno de conduta na adolescência, e sem que se considere isso ainda transtorno de personalidade.*

*O transtorno de conduta é classificado dentro dos transtornos disruptivos de infância, aos quais é atribuída uma base genética. Mas há também uma participação decisiva de problemas de criação, ausência paterna ou materna, agressões por parte da sociedade ou da família, companhias perversas etc.*

*O transtorno de conduta pode conviver com a presença do caráter e até de sentimentos elevados no adolescente, como é nitidamente o caso de* WR. *Pode conviver com a plena sensação da culpa e com o sentimento de solidariedade humana.*

*O transtorno de personalidade é melhor percebido ou diagnosticado apenas mais tarde, além da fase da adolescência, e quase sempre (como no caso do transtorno antissocial) implica numa ausência de culpa e frieza de intenções, e também num egocentrismo atroz e predador.*

*A história de* WR *foge a esquematizações e ilustra as vicissitudes horrendas da trajetória de vida de um dependente químico rebaixado na vida do crime, que faliu, por assim dizer, "comercialmente".*

*Se anteriormente* WR *usava as drogas permitidas pelas facções, como, por exemplo, a "farinha branca", com o crack a questão é outra. O crack é tido pelas facções como restolho de gente desclassificada, e* WR *perdeu tudo por causa do crack que lhe chegou por via da tentação das "minas gostosas" enquanto ele cheirava cocaína com seu parceiro.*

*Eu fiquei sinceramente mobilizado pela confissão de fragilidade de* WR *perante as tentações do crack, o que acabou me revelando muita coisa significativa sobre o mundo sombrio das drogas pesadas, como, por exemplo, o motivo pelo qual as facções baniram o crack das cadeias.*

*Para melhor entender isso, deve-se levar em conta o fato de que a dependência de crack rapidamente desestrutura a vida do usuário, tanto no caso dos que têm uma vida bandida quanto dos que têm uma vida de trabalhador.*

WR *— eu não hesito em confessar — é um caso bem especial, e faço questão de admitir que, dentre todas as crônicas que integram este livro, esta "lágrima atrás do gorro ninja" é a lágrima que me pegou pra valer. Quando releio o texto para fazer correções, sinto ao terminar os olhos úmidos da emoção que extravasa.*

*É por isso que nunca vou esquecer aquele primeiro encontro, quando WR — notável figura marginal — derramou-se diante de mim cheio de confiança e entregou-se todo, movido pela intuição mais emotiva, e formando um vínculo com sintonia e afeto.*

*Faço questão de reconhecer ter visto com bons olhos o clima religioso do encontro. Também me emociona a música Gente Humilde, da qual me lembrei depois, e que coloquei no texto para fechar a crônica; me emociona lembrar de novo do abraço tão forte, tão explosivo e tão sincero que WR me deu, num encerramento confessional da parte dele que fez também, caro leitor, eu me colocar aqui de maneira intensa, pessoal e confessional.*

# Gato de sete vidas

Disse meu amigo e escritor Wilson Luques Costa, numa conversa de bar, no Jardim Santo Estevão, Zona Leste de São Paulo, que "há momentos na vida em que a única coisa que não parece real é a própria realidade".

Eu acrescentei que, entre um fato recontado e uma ficção possível, estão inclusos imprevisíveis desdobramentos do que se chama por aí de "Destino", sendo "destino" uma palavra vaga para tudo de importante ou para nada de especial que ocorre no mundo, e de tal maneira que esse assunto permanece tão velho e redundante quanto o próprio mundo.

Meu amigo ainda lembrou que os gregos antigos personificavam o Destino nas Moiras, e Moira, no singular, é o quinhão reservado a cada um em sua trajetória desde o nascimento até a morte. Isso não está longe do que os hindus chamavam de Karman ou Roda do Samsara, por onde se faria a presença de Maya criando formas transitórias dentro de um imenso palco em que os pobres mortais — acreditando-se donos de suas ações — seriam marionetes dos deuses ou vítimas de si mesmos.

* * *

Desejo contar agora uma história simples que começou durante a procura de um ser humano desgarrado — um jovem dependente de drogas, amigo meu, que vivia num estado de semiabandono e deixou de fazer parte de meu grupo de teatro. Eu, por razão mais pretensamente cristã do que helênica ou hindu, me vi na contingência de resgatá-lo.

Ao saber que ele frequentava um bar aqui no bairro, fui até lá e não o encontrei. Mas seus rastros se transformaram num atalho para outra história em que sou a testemunha principal, se não a única. Porque sou aquele que viu, ouviu, esteve presente em lugares diversos e fez certas ligações no tempo e no espaço.

* * *

Quando cheguei no bar um tipo atarracado e baixote colou em mim. Ele derramava um copo de cachaça goela abaixo, orgulhoso de sua performance etílica, e buscava plateia sem ter consciência de estar sendo um pobre diabo fazendo um patético teatro naturalista e banal.

Ele era bastante exibido. Extravasava emoção torta em grotescas gargalhadas. Tinha os dentes quase todos faltantes e aproximava seu rosto do meu de maneira inconveniente, ao soltar bafo de álcool.

Parecia um Sancho Pança com sotaque nordestino, dando show numa mísera taberna, roubando cena e mal imitando a eloquência de Don Quixote. Mas seu discurso não tinha grandeza ou nobreza. Tinha uma horrenda clareza. E ele defendia uma proposta corretiva cínica e cruel como "solução perfeita" para certos desregramentos.

Porque hoje em dia — bafejava — não se podia criar menina moça sem o risco dela virar pasto de macho garanhão! Mas, para combater tamanho abuso, nem era preciso pena de morte, fosse por linchamento, tiro, ou lâmina rasgando as tripas do maldito. Era suficiente a radical castração corretiva de se arrancar, ao pretenso Don Juan, sua folgada macheza.

O homem ainda berrava: “não estou certo? não estou certo?” — dando resposta afirmativa para si mesmo. Tremia todo e, entre um gole e outro de cachaça, vociferava, com grotesco sorriso, a frase “nem precisa matar”. E gargalhava e babava, detalhando o exato momento em que seriam extirpados o órgão masculino do vagabundo mais os colhões. Daí estendia uma mão em garra para fazer porca mímica da retirada.

Pois ele deixaria o safado liso, ah, ele o deixaria reduzido à condição artificial de ter virado uma “menina”. “Ah, nem precisa matar” — e repetia a frase fazendo uma careta estupidamente dionisíaca antes de pedir outro copo de cachaça.

Finalmente, ele anunciou que nada restaria ao vagabundo a não ser um buraco entre as pernas. E concluiu com uma expressão sumária utilizando o mais curto e popular palavrão em língua portuguesa — mandando uma mensagem bar afora de como seria a disponibilidade sexual de uma criatura transformada num restolho.

Eu me afastei, assustado. De longe, o homem continuou a me fazer de plateia. Perguntava continuamente para si próprio se estava certo. Respondia imediatamente que sim, enquanto gesticulava bastante com um novo copo de cachaça na mão.

* * *

Dias depois o homem cruzou de novo meu caminho. Minha surpresa foi vê-lo do outro lado da minha mesa, sóbrio, vivaz e simpático, um pouco sem graça quando admitiu ser um dependente de álcool. Não me reconheceu e eu não revelei minha presença no bar.

Antônio ele se chamava. Serralheiro, do sertão da Paraíba, residente há muitos anos em São Paulo, mal aposentado. Vivia uma penúria de vida que só vendo, sem dizer que em sua família havia um drama cujos começo e fim são iguais aos de muitos outros.

Antônio tem uma filha. A filha de Antônio conheceu um rapaz. O rapaz tinha muito charme e era usuário de drogas, principalmente de crack. A filha de Antônio cedeu à lábia do rapaz. Houve encontros em embalos festivos. A barriga da menina cresceu, e ela pariu um menino filho de mãe solteira.

Quanto ao resto do que sucedeu, de alguma maneira escusa deu-se o esperado: o rapaz agiu como muitos aventureiros de caráter duvidoso que, com o consentimento de uma menina nada inocente, aproveitam-se da farra e caem fora no mundo.

Antônio é um homem simples, emotivo e conservador. Sentiu ímpetos homicidas vindos do seu gênio sanguíneo de paraibano da gema. Engendrou planos de eliminar o rapaz como se brotasse, no seu íntimo, um vingativo código de honra de seus ancestrais lá dos sertões. No entanto, ao chegar quase às vias de fato, hesitava no vai e vem do calor e do resfriamento da vontade.

Naquela ocasião Antônio começou a frequentar uma igreja evangélica. Virou "crente" e logo passou a fazer confidências ao pastor como se fosse de igual para igual. Resolveu confessar seu desejo de fazer justiça com as próprias mãos. Expôs seus planos. O pastor ouviu atentamente. Ao final da conversa Antônio foi contestado com interdições bíblicas e refreou seus impulsos.

O rapaz, porém, não lhe saía da cabeça. Mesmo porque ele surgiu de novo em seu círculo familiar — gato das "quebradas" — nesses ermos do Jardim Santo Estevão, e tornava a ver a filha de Antônio feito raposa num galinheiro, e a menina — volúvel e encantada — o acolhia.

Antônio admitiu que foi ficando sem ação com o desenrolar dos acontecimentos. Começou a sentir-se um otário. Mal conseguia conter seu ódio. Conversava bastante com o pastor. Então ficava um pouco calmo, mas o rapaz aparecia de novo, maneiro e insinuante. A filha de Antônio não resistia. Mesma velha história.

Num belo dia Antônio surpreendeu a si próprio: cansou-se do ódio e resolveu dar uma chance a estes Romeu e Julieta, que seriam apenas de longe parecidos com as personagens de Shakespeare.

Se Antônio não tinha cultura erudita, já ouvira falar de Romeu e Julieta e de outras histórias que viraram contos populares universais. Sendo um homem crédulo e um homem conservador e apreciador de cerimônias, não resistia em querer fazer da vida uma romântica ficção. Tanto foi assim que, por súbito capricho da vontade, propôs a celebração de núpcias tradicionais: — que os dois se casem e o pai assuma o filho!

Foi marcada a data do casório e Antônio fez os preparativos com paciência e empenho. O Diabo, no entanto, interferiu no assunto familiar, conforme insinuou o pastor, que tinha um gosto especial de acompanhar o rumo dos acontecimentos.

Logo antes da cerimônia de casamento o rapaz caiu fora e seguiu seu caminho rumo a outra gandaia. E se ele deixou a filha de Antônio desesperada e revoltada, deixou-a também com outra criança na barriga, para se amigar em seguida com uma mulher bem mais velha — uma "coroa" aparentemente separada de um traficante que, apesar de um divórcio incompleto, tinha ainda essa mulher como eventual amante.

Nesse suspeitíssimo triângulo o rapaz deu-se bem no início. Empolgado pela aventura e ingenuamente amalandrado na experiência passageira de gozar benesses proibidas, ele passou a trabalhar com sucesso em tarefas consideradas malditas. Aproveitou-se da receptividade quente da "coroa", que suspirava de gozo lhe abrindo não somente as pernas como também lhe abrindo portas comerciais em becos e vielas.

O rapaz começou a cuidar de uma rede de "biqueiras", ou seja, pontos de venda de droga. Virou gerente de tráfico, e subiu na vida favorecido por uma posição oportunista num triângulo amoroso em que ele não somente fazia um papel secundário e subalterno de traficante, como também de cafetão de araque.

O rapaz tornou-se muito vaidoso. Andava com tênis de grife, colares, pulseiras, óculos escuros de aro prateado. Intimidava a vizinhança que o temia e respeitava, porque ele carregava uma *PT — 9 milímetros*, e gozava um *status* prematuro de bandido em fulminante carreira.

Acontece que ele se empolgou tanto que caiu numa armadilha. Conforme diria o zé-povinho, ele não viu a sombra do negócio e topou com a mulher do cão! Mas ele deveria saber disso, e aceitou as regras do jogo como se mal soubesse do preço a pagar.

Veio então a danação e tudo se deu como tudo teria que se dar.

O ex-marido da "coroa", que já tinha sugado o que conseguira de quem Antônio chamou com menosprezo de "laranja", resolveu dar um basta no que tinha sido tanto uma aventura amorosa fugaz quanto uma carreira profissional falsamente promissora.

O traficante aguardou o rapaz numa viela escura quando este passou montado numa moto novinha. Vários tiros reduziram uma farra de três a um jogo de interesse de dois.

O traficante contemplou o corpo imóvel que sangrava por vários orifícios e apanhou de volta a *PT – 9 milímetros* enterrada na cintura do rapaz.

Mas ele não apenas resistiu aos tiros, como apareceu vivalma disposta a ajudar. Levado ao hospital, agonizou desenganado.

De resto, ainda vieram desse caso umas surpresas, como também é bem verdade que certas notícias correm rápido nesses redutos periféricos.

Tão logo soube do acontecido, Antônio passou por uma escalada de sentimentos.

No primeiro dia sentiu um descarrego de fúria contida.

No segundo dia culpou o rapaz pela tragédia.

No terceiro dia lembrou-se dos preparativos nupciais.

No quarto dia interessou-se pela agonia de um sobrevivente.

No quinto dia pensou em ir à igreja.

No sexto dia foi à igreja e conversou com o pastor, que aconselhou uma reparação.

No sétimo dia foi incumbido de uma missão religiosa.

* * *

Antônio anunciou-se no hospital como parente, pegou um crachá, seguiu corredor afora, e entrou numa enfermaria coletiva. O rapaz estava num canto, cercado por um biombo. Não havia ninguém a seu lado, e até então nunca aparecera visita.

Antônio aproximou-se cerimoniosamente do leito, removeu o biombo e sentou-se numa cadeira ao lado da cabeceira da cama. Manteve uns minutos de silêncio, recapitulou conversas com o pastor, abriu a bíblia e citou algumas passagens.

Permaneceu um bom tempo na enfermaria numa atitude piedosa de vigília. Os outros visitantes olhavam em silêncio, e os pacientes também, erguendo-se de seus leitos, curiosos e compadecidos.

Como Antônio vem de uma cultura que gosta de esbanjar a palavra, ele fez um pequeno discurso. Falou alto, pausado, mas foi breve: "bem, meu filho, você vai ter que ir embora deste mundo porque é escolha de Deus. Você vai morrer, meu filho, e precisa aceitar a morte. Mas tudo o que é seu vai ser meu. De hoje em diante eu substituo você como pai".

O rapaz não se mexia e mal respirava. Antônio colocou uma mão espalmada na testa do doente e deslizou algumas vezes a mão para cima e para baixo, carinhosamente.

Os olhos de Antônio brilharam úmidos. Duas lágrimas pesadas, viscosas, difíceis e hesitantes verteram de uma outra face imóvel, lágrimas que Antônio fez questão de não enxugar, deixando que rolassem aos pouquinhos.

Quando Antônio se retirou da enfermaria, as pessoas aglomeradas na porta abriram alas com respeito. Ele seguiu calmo pelo corredor, marchando firme, indiferente aos que transitavam afobados. Largou o crachá na recepção do hospital, e seguiu pelas ruas impassível, sereno, decidido.

Na virada do sétimo dia o rapaz morreu.

* * *

Eu olhei no relógio e verifiquei que Antônio estava há um bom tempo na minha sala. De repente ele se levantou e pediu desculpas, não pela demora, e sim por ter de ir embora. É que ele tinha uma obrigação. Era quase hora da filha fazer um bico de serviços domésticos numa casa de família, e ele precisava ficar com seus netinhos. Ia dar umas voltas na praça com uma menina de colo de três meses, muito bonitinha, e com um menino de um ano e meio também muito bonitinho.

Antônio fez questão de comentar que, na sua idade, era difícil conseguir emprego porque davam valor apenas aos jovens. Mas por isso sobrava tempo para ele cuidar de crianças, mesmo que fosse para dar passeios na praça como simples avô.

Antes de se despedir ele fez uma observação breve sobre a dor inevitável do ato de viver, e até recapitulou, com espontaneidade nordestina, um ditado oriental que diz assim: “viva com alegria em meio às tristezas do mundo”.

* * *

Passaram-se alguns dias e eu soube que aquele meu amigo desgarrado do grupo de teatro foi achado desfigurado numa viela, num local bem perto de onde tombara o primeiro rapaz.

O meu amigo, que tinha idade próxima à do outro, foi brutalmente assassinado, e em circunstâncias desconhecidas até o momento, aparentemente sem testemunhas do crime, e sem que alguém o tivesse ao menos socorrido antes do final da sua agonia, que foi o mais breve que os sete dias do outro, e teria durado umas sete horas, desde aproximadamente meia noite até pouco depois do amanhecer.

* * *

"Sim" — repetiu meu amigo escritor naquele encontro de bar, aqui no Jardim Santo Estevão, Zona Leste de São Paulo: "há momentos na vida..."

Acabamos tendo uma longa conversa, se não uma discussão filosófica, sobre o que é realidade, e voltamos a falar de gregos e hindus.

Ao sair do bar, eu vi Antônio entrar. Ele não teria percebido que nossos caminhos se cruzavam, mais uma vez, de passagem!

* * *

*Essa história, praticamente toda baseada em acontecimentos reais, é a única em que não vi e não conheci um certo tipo usuário ou dependente de crack.*

*No entanto, eu me senti tomando conhecimento dos sucessivos rastros insidiosos desta pessoa, ou de sua suspeita passagem através de um mundo cão, enquanto me fixava no relato do serralheiro Antônio (nome e profissão fictícios), e enquanto pude me valer de um suposto acaso a me colocar esse homem à minha frente, todo bebaço e grotesco no bar e, depois, todo sóbrio e educado, no consultório.*

*Quanto àquele meu amigo, ele esteve no meu teatro e não sei por que motivo sumiu. Minha busca por ele começou exatamente daquele jeito descrito. E é verdade que ele foi barbaramente assassinado. O real motivo não se soube.*

*Mas não pense o leitor existir necessariamente uma relação direta entre a morte dele e a do outro rapaz. Ou, então, imagina-se existir uma relação.*

*O que fazia parte do meu teatro era filho de um chefão do crime respeitado no bairro. Mas sua história de vida perturbada, no meio do abuso de drogas, não chegava a endossar o dito popular do "tal pai tal filho".*

*O filho, sem ser bandido, mas sendo um sofisticado malandro, valia-se apenas da notória paternidade para ganhar um respeito local. De resto, o que eu sei é que ele deve ter vivido uma vida "loka" aos trancos e barrancos.*

*Eu nunca pude saber se a ascendência suspeita desse meu amigo teve algo a ver com seu assassinato. No entanto, como naquele lugar acontecem coisas que até Deus duvida, é lá que uma incerteza cruel dá as mãos a um mistério tenebroso.*

*Porém, mudando o foco da questão de alhos para bugalhos, posso seguramente afirmar o seguinte: se eu me coloco na mixórdia desta história como médico, e caso eu me obrigue a opinar sobre diagnósticos, pouco teria a dizer sobre o rapaz que foi quase genro de Antônio.*

*Estou certo de que ele deve ser um tipo a me lembrar vários outros adictos bastante problemáticos, também rotulados muitas vezes de "sociopatas" em razão de seus procedimentos antiéticos e desrespeitosos com relação aos valores morais vigentes.*

*Mas sabe-se lá se este tipo liso e malandro é ou não um sociopata; sabe-se lá se ele tem uma marca distinta perante outros tantos aventureiros pobres diabos da vida.*

*Eu não tenho elementos seguros para dizê-lo, e prefiro antes admitir que ele me parece mais um desses emergentes das misérias e agonias familiares; ele parece ser mais um dentre tantos adictos "buscadores de novidade" que é faltoso de caráter, voluptuoso e com traços dionisíacos.*

*Ou ele seria mais um com jeito de Hermes rapina a transitar no universo dos prazeres de alcance imediato. Porque ele, como personagem obscuro de si mesmo, é parecido a tantos que conheci bem e são estimulados pela cultura brasileira do levar vantagem, são atraídos pela ilusão fácil do crime, e costumam por vezes ser também indiferentes ao risco de morrer, além de serem candidatos à tragédia — tragédia essa que eles podem antecipar com mórbido prazer. Porque isso faz parte de um estranho jogo.*

*E se esse assunto parece uma porrada na alma, trata-se de uma realidade bastante visível para quem lida com adictos, ainda mais nessa periferia distante de Sampa que pode fabricar, ou mesmo parir, supostos "sociopatas".*

*Mas o assunto é confuso, senão complexo. O rótulo de "sociopata" por aqui é vago sempre que há uma tentativa de apropriá-lo do ponto de vista médico e transformá-lo em diagnóstico. E, no caso do rapaz, há um motivo razoável: sua ousadia é sintônica com certos ambientes socialmente aceitos; é uma ousadia que pode ser bem acolhida perante os códigos invejados e comuns do machismo vulgar; é uma transgressão habitualmente reforçada por uma cultura popular. E apesar das interdições morais e religiosas, essa cultura faz eco ao desejo legítimo de muitos aventureiros bem colocados socialmente que se consideram bastante moralistas e religiosos.*

*Na verdade, a questão segue um pouco além. Eu imagino esse relativo desafeto de Antônio chegando a posar, perante esse mesmo Antônio, como sendo seu* alter ego *radical, na medida em que Antônio é também um "cabra" nordestino que virou trabalhador em Sampa, tomou para si zelar por uma moral familiar, comum e conservadora, mas tem nostalgia e alguma inveja daquele a quem quer confiscar tudo na hora da morte.*

*É forçoso reconhecer que, lá no fundo, o conservador e o transgressor trocam conteúdos e são mais interligados do que se imagina.*

*Para mim, nada mais significativo para expressar a natureza desta história do que a antítese complementar ódio/amor perante a qual Antônio deu, através de seu discurso, uma cínica e literária visibilidade ao meu texto, entrando num domínio dos seus desejos sombrios dentro dos quais o fervor religioso de um homem junta-se ao desejo homicida dos que se valem das* vendettas *familiares conforme códigos ancestrais.*

*Na minha opinião tudo isso é um pouco do espírito dos sertões do Nordeste presente em Sampa, presente na periferia Leste, e distribuindo papéis entre supostos bandidos ou malandros por um lado, e trabalhadores tidos como certos e honestos por outro. No entanto, esses grupos podem também se confundir ou trocar papéis.*

*Existem tantos antônios como existem gatos de sete vidas, numa complementaridade suave/infernal. Com uns rondando os outros no meio de muitas filhas volúveis virando iscas para o bote de garanhões malandros.*

*Eu cinicamente confesso que, quando Antônio me descreveu a cena do hospital e me disse aquelas palavras (citadas no texto com a exatidão com que foram ditas) — de modo a reunir piedade e crueldade simultâneas — bem, caro leitor, aquilo foi o estopim para a crônica.*

*Mas no meio de tantas histórias supostamente reais, é raro que a tão hindu Roda do Samsara e que as tão gregas Moiras (conforme a minha conversa inicial) tragam facilmente à tona um enredo grotescamente romântico, peculiarmente vulgar e com um ápice dramático de crueldade piedosa tal como se deu no hospital na véspera da morte do rapaz.*

*Caso eu novamente encontre aquele meu amigo escritor em algum boteco, poderemos conversar mais sobre esta história e sobre o Destino.*

*Então, já antecipo uma conversa na qual uma dúvida ligará os fios do improvável que ainda é parte do possível. Digo do pos-*

*sível torto e incerto e do que não deixaria de ser, ao mesmo tempo, meio ficção e meio realidade, e como não!*

# Traição

Na época GS tinha quatorze anos e vivia com a família. O pai, caminhoneiro, era alcoólatra e um homem ausente que, ao chegar em casa, fazia cenas inesquecíveis: investia sobre a mãe e os irmãos de GS. Estupidamente autoritário e arrogante.

GS chegou a uma conclusão: dar um basta no pai.

Um dia chamou a mãe de lado e declarou que ela não apanharia mais. Enchendo-se de coragem, pediu à mãe que se retirasse. Enfrentou a fera embriagada. Que rugia palavras ferinas e caçava a mãe anunciando porradas.

GS proclamou a independência da mãe. Ingênuo e ousado, ele se fez crítico rigoroso dos hábitos etílicos paternos com teimosia de menino turrão. Depois deu as costas. Esqueceu-se, porém, que o pai andava armado. E recebeu três facadas nas costas.

Foi socorrido por um irmão. Passou um mês no hospital entre a vida e a morte. O pai não tomou conhecimento da sorte do filho e continuou sua vida miserável.

GS virou menino de rua por cinco anos. Planejou a morte do pai na forma de um homicídio premeditado que, no entanto, descartou na prática.

Iniciou no caminho das pedras. Não demorou para que se tornasse dependente químico. Mas a fumaça do crack não lhe trazia prazer ou euforia. Trazia-lhe certa "normalidade psíquica" sempre que ele era tomado por uma profunda inquietação. E ao descer aos abismos de si mesmo fumava pedra e ficava "normal".

* * *

Há um mês o pai de GS morreu. De câncer. Depois de quinze anos o filho havia retornado para casa. Encontrou o pai no leito de morte. A cena foi clássica, dessas que aparecem em cinema, em novela.

O velho, agônico, pediu luz: trouxeram um clarão oblíquo que iluminou o rosto do pai e do filho. GS, perturbadíssimo, ficou confuso, tremeu e achou que ia ter um desmaio. De repente ajoelhou e pediu perdão. O pai expirou quando murmurava alguma mensagem para o filho.

* * *

Depois do enterro do velho tudo para GS continuou sendo culpa, culpa e mais culpa.

GS começou a pensar muito na morte. Virou um obcecado pela morte. Pegava cada vez mais droga na biqueira e fechava-se no seu quarto para usar. Imaginava-se dentro de um túmulo. Mas ao fumar não tinha a impressão de que enlouquecia: pelo contrário, achava que estaria voltando ao "normal".

Drogava-se cada vez mais compulsivamente. A culpa reaparecia e o consumo de crack aumentava. GS ficava endividado com os traficantes.

Certo dia GS resolveu incitar seu próprio extermínio esticando sem limites os prazos das dívidas. Mas um traficante que era um pouco seu amigo reagiu e parou de lhe vender droga. Proclamou, indignado, que costumava mandar matar "noias" sem valor, mas não queria eliminar um pai de família. GS foi comprar em outra biqueira de gente desconhecida. Acionou de novo sua roleta-russa.

Nesta altura eu decido voltar atrás na história de GS e "cair de pau" em cima desse pedido de perdão ao pai. Reajo indignado. Digo que considero sublime o perdão, até de forma cristã. Pode-se perdoar ao inimigo, pode-se perdoar ao ato torpe, até ao gesto homicida. Mas o perdão cabe quando não existe covardia. Não se pode pedir perdão a outrem se é esse outro o criminoso.

GS sabe disso e ao mesmo tempo não sabe.

Pois reparem vocês: vejam, como o cego Tirésias, a luz da escuridão.

Após as três facadas GS arquitetou por muito tempo o parricídio. No entanto, a dor na consciência pelo ato hediondo seria insuportável. Ali havia o temor de uma maldição, como se esta viesse de alguma esfinge enfurecida. Porque na figura de um pai, mesmo sendo ele um criminoso, existe também a figura sagrada que nos provoca respeito e medo.

Perante essa figura GS sucumbiu feito uma vítima que, submissa ao extremo perante o algoz, ergue-se da punição e beija o malfeitor. GS fez uma transmutação maluca da culpa e assumiu uma dívida alheia. E se lhe brotou uma consciência dessa troca de dívida, essa consciência estava contaminada pela fúria das Erínias.

GS percebeu que carregava o pai dentro de si e queria matá-lo. Atormentado, cedeu à força do ódio, mas antes fez um julgamento de si próprio.

Foi juiz, promotor, advogado de defesa e júri. Como houvesse dois lados e os dois lados empatassem, GS deu a si mesmo o voto de Minerva.

O veredicto: culpado.

* * *

Quando GS sai a caminho das pedras, ele não carrega tão somente uma faca espetada nas costas. Ele é o autor das facadas. Ele é também um grande bode expiatório que desce aos próprios infernos.

Ele é uma espécie de anti-Orfeu e não lhe resta nenhum amor a nenhuma Eurídice. Resta a antipedra alquímica, a pedra da qual sai a fumaça tóxica da loucura. Fumaça que é um estranho e absurdo "remédio" para lhe trazer não euforia, não alívio apenas da fissura adoidada, e nem mesmo a pura viagem da "noia", mas para lhe trazer uma paz maldita.

Enquanto GS tenta inútil e loucamente "curar-se" a si próprio com a cocaína inflamável da pedra, ele continua a encenar a roleta-russa de sua existência. E é sempre o pai na berlinda: na hora da morte e em qualquer dia e naquele dia.

GS, pensativo, fixa os olhos no infinito. Depois desabafa, intensamente dramático, e dirige suas lembranças aos seus quatorze anos.

Ah, é sempre aquela conversa medonha, é sempre aquele momento exato e inocente de um pequeno guerreiro distraído — em que ele, GS, moleque vacilão, mano, virou as costas e... Ele também, a partir daquele dia, foi morto a traição.

* * *

*Foi um texto escrito há muitos anos, antes que eu viesse a trabalhar com adictos, e surgiu a partir de um dos meus primeiros contatos com dependência severa de crack. O caso me impressionou muito pela radicalidade, despojamento mórbido e implicações psicanalíticas.*

*Se, antes de mais nada, o que vem à tona é a grande e nebulosa questão do pai, eu começo por fazer o seguinte preâmbulo: na periferia onde exerço meu trabalho há tantos anos, o pai é o grande ausente e é figura amada e também odiada. Mas o vácuo paterno está sempre criando adaptações nos deserdados do pai.*

*Para deixar este assunto mais claro vou citar as inúmeras "confrarias dos manos" onipresentes na periferia e que viram sociedades móveis e expansivas, sociedades algo anárquicas, sem estatuto e mantidas na "raça", algumas decantadas no* hip-hop *e no* funk.

*E se tantos dessas confrarias se chamam tanto mutuamente de "manos", certamente é para preencher algum vácuo do pai. E se eles o fazem de maneira conservadora, podem fazê-lo também de maneira mais ousada e radical, senão até criminosa. Mas, no fundo, trata-se do grande dilema do pai.*

*É o que está escrito lá, brilhantemente, na Teogonia, de Hesíodo.*

*Mas, enfim, este GS é um membro atípico e radical dessas confrarias de deserdados, e um membro tão atípico que nem chegou a frequentá-las.*

*A respeito deste assunto eu digo mais. Vejo todas essas confrarias exercendo um papel aglutinador, sendo uma espécie de ode vulgar à ausência do pai simbólico e concreto.*

*Seguindo ainda um pouco mais longe, eu imagino que até Freud explicaria tamanho dilema porque na carência de tantos manos existe lá no fundo da "alma" de todos o pai ausente como pedra no meio do caminho; um pai cujo sacrifício porcamente totêmico é cercado de baixarias e crueldades domésticas até assassinas. Coisa, aliás, bem humana, porém coisa nada elevada. Coisa bem diferente de quando se fala na morte sacrificial do pai sob um manto de civilização e permitindo a consciência adequada de uma morte simbólica.*

*Sem falar que se trata de uma situação percebida com alguma clareza no caso de quem, por exemplo, faz boa terapia ou de quem, em jargão psicanalítico, cresce vencendo o que se tem como um complexo de Édipo ou algo equivalente.*

*Mas eu conheço muitos casos no ambiente periférico do chamado "povão" em que a "morte do pai" se desloca do simbólico para a brutalidade concreta, de tal maneira que, no burburinho da vida pequena a "barra" pode ficar pesadíssima.*

*É nesse meio que conflitos bárbaros e mesquinhos trazem, na rabeira da miséria, retaliações chegando a uma aniquilação curta e grossa do filho em ambientes onde irrompem saturnos devoradores sem majestade, sem limites e quase sempre bêbados.*

*É um território onde o cacete baixa na rotina do dia a dia e onde as sutilezas simbólicas de qualquer discurso são carregadas na enxurrada comum das desavenças alimentadas pela cachaça diária; desavenças vinculadas a abandonos e esquecimentos, ainda mais partindo do paizão machista meio rude que cada vez mais deixa de ser o chefe porque uma grande parte das famílias é comandada pela mãe.*

*Em muitos ambientes domésticos desestruturados onde existe a presença incerta e movediça de pai e mãe, a violência corriqueira não costuma dar muitas chances ao diálogo. De repente, tudo pode ser interrompido com a rapidez seja de um golpe de mão, de chutes deitando no chão as tralhas domésticas, da rudeza do palavrão, ou, nos casos radicais, da truculência brutal de um golpe de faca.*

*GS, moleque sensível e estranhamente sofisticado por sua miséria, permitiu-se comunicar para mim, depois de adulto, seu anti-heroísmo de vingador dúbio contra o crime paterno.*

*Se havia aí algum ocultamento da parte dele, não estou certo. Mas eu me lembro de que no seu discurso havia transparência, despojamento e necessidade de encontrar desesperadamente um ouvinte.*

*O que me chamou muito a atenção no seu sofrimento foi a maneira como ele introjetou o desejo parricida e transmutou a culpa do pai, passando a ser ele mesmo o autor das facadas: eis aí uma chave de interpretação costurada no baú da culpa e das especificidades de um caso particular e notável.*

*Reconheço que com este GS eu me perdi em diagnósticos, ou nem me interessei por diagnósticos. Se estes podem ser encontra-*

*dos, vão além da medicina e começam por ser elaborados na bruteza da existência ou no que decorre como sequela da facada nas costas alimentando um rol de sofrimentos subsequentes.*

*O que eu sei muito bem é que GS era um adicto grave que tinha ideação suicida e fez uma roleta-russa cutucando a ira de um traficante que o protegeu e lhe deu uma excêntrica lição de moral.*

*Eis aí, aliás, uma horrível comédia de humor negro, caro leitor, uma estranha comédia que se inicia com a seguinte pergunta: não é o caso de dizer que GS, levado pela enxurrada dos acontecimentos, apenas seguiu muito além do que seria o limite habitual das neuroses pequeno-burguesas?*

*Mas também admito que os referenciais deste caso possam ser outros, e que todo este drama me lembra um outro fato: o de que muitos contraventores, e alguns traficantes, costumam ser "caretas" quando aliam truculência a moralismo.*

*Este é precisamente o mundo em que GS vive, um mundo onde o crime é conservador, capitalista e não suporta tipos que nem GS. Estes tipos, por vezes, espirram fora da contravenção pelo êxito letal da execução quando "pisam muito na bola".*

*Isso acontece muito na periferia onde quem tem menos chora mais, onde os códigos da lei não estão escritos e onde o exorcismo banal feito em pacotes nas igrejas evangélicas faz um pífio papel que caberia aos terapeutas. Toda essa realidade, porém, não costuma vir à tona na grande mídia.*

*Sem falar que o dependente de crack, na periferia distante, acaba sofrendo preconceitos iguais aos que surgem da sociedade mais abonada ou dita "certinha". Esse dependente de crack sofre preconceitos de gente do crime, vejam só!*

*Mas GS tem ao menos uma certa grandeza inconsciente. Ele se parece com alguns personagens agônicos do teatro grego perseguidos pela fúria das Erínias. Ele me lembra personagens (degradados porém) de um Ésquilo por exemplo.*

*GS é o herói das sombras, é o vingador a mando dos deuses (que ele ignora), é aquele que sabe de seu papel de herói pela via do inconsciente. Na superfície da consciência GS se vê e se sabe como um caso gravíssimo de dependência de crack e de ódio ao pai.*

*Nas entrelinhas de seu discurso GS deve horrorizar-se por estar carregando alguns segredos internos para cuja ação ele se vê impotente enquanto trai a si mesmo.*

# Antônio Santiago
## *O dito e o oculto*

— Sou da Paraíba, sim senhor, e meu nome é Antônio Santiago. Meu finado pai, Deus o tenha, foi matador. Eu vim do Norte, pequenino, pra São Paulo que é grande demais. Depois voltei pra Paraíba e, de novo, pra São Paulo e aqui fiquei.

Ele lança um olhar vivo, suplicante e bastante inquieto, embora tenha um domínio amplo da situação e fale com eloquência popular, bonito e sonoro, como se estivesse numa prédica ou comício.

— Você usa droga?

— Ora, homem, de tudo e comecei cedo. Dizem que sou um tal de adicto, mesmo porque agora estou direto na pedra e não escondo essa verdade.

— Aprecio a sua sinceridade.

* * *

Antônio Santiago acaba de surgir caminhando pela Rua do Gasômetro como um pedinte comum, quando ele então se entusiasmou diante da janela do meu carro parado numa solidão só junto ao meio-fio.

— Minha vida, seu doutor, sempre foi muito sofrimento desde quando eu morava na Paraíba, onde meu irmão se enforcou e eu fiquei com sua morte na consciência me achando culpado. Carrego até hoje essa cruz.

Não existe um bando uniforme de gente morando na rua, existe um e outro ao Deus dará e cada qual diferente com seu drama particular. Sendo do Norte do Sul do Leste ou do Oeste, com sotaque identificado ou não, o mundo dos esquecidos pode ser surpresa, mesmo quando se espera o de sempre, e a gente sempre espera.

— Você tem família?

— Tive casa e tive carro. Hoje a família não me quer. Mas já fiz um filho que vive com quem foi minha mulher, lá no interior.

O homem que se diz chamar Antônio Santiago e seria filho de matador me lembra aqueles tipos descritos por Euclides da Cunha.

E você, aí, que me lê, já leu *Os Sertões?* Pois leia bem, meu irmão. Prenda-se atentamente ao mundo mágico e guerreiro de Antônio Conselheiro. Repare nos tipos suspeitos e fascinantes que o cercavam — aquela suposta marginalia de gente mal costurada nos suplícios da terra, indo do afeto transbordante do bem à perversidade nada serena do mal. Misturando o que se alega fanatismo religioso a tendência criminosa. Com índole de se colocar em marcha neste mundo, ser andarilho, buscar utopias e terras prometidas.

— Sou mendigo, sim senhor, não com orgulho. Tenho somente a roupa do corpo porque me levaram os pertences e os documentos. Aqui estou lhe pedindo ajuda porque é minha necessidade, e se fui obrigado a aprender a fazer isso bem, hoje consigo tirar moeda até de polícia.

Na época do Conselheiro, o Sul era distante e quase inacessível. Para muita gente a República era amaldiçoada e nos sertões se amava a figura lendária de um rei — Dom Sebastião ou algum outro Messias.

— Tenho vergonha de incomodar o senhor, que me escuta com boa vontade. E que me comove, eu juro. Mas só peço uma ajudinha. Não minto e não engano. Não é fácil, como o senhor bem sabe, morar na rua, ser mendigo.

O que se discursa bem articulado é político e interesseiro neste mundo de Deus e do Diabo, até durante o ato de pedir esmolas. E ser morador de rua é um ato de complexidade shakespeariana.

* * *

Olho em volta na solidão do início da noite. Percebo que São Paulo está cheia dessa gente. Muitos são como Antônio Santiago, brasileiro nato e filho de matador, de olhar fuzilando entre o bom humor e a malandragem suspeita.

— Você pode falar à vontade que estamos aqui ouvindo, e não é bom para você encontrar alguém que escuta?

Antônio Santiago estende os braços para baixo, olha bem para mim, e bate as mãos sobre as bermudas gastas e sujas.

— Apenas uma ajudinha, seu doutor.

Eu sei que quase todos eles costumam ser lúcidos apesar da cachaça ou de outra droga, que usam de combustível! Muitos são bons discursadores e seriam, outrossim, políticos de plenário ou pastores evangélicos. Sempre preenchendo a atenção de um casual espectador com seu palavreado recheado de floreios. Ou são atores que nunca perdem o humor nascido no tom da voz, no puxar do cantado no final da frase, no arrastar sonoro do sotaque do Norte e Nordeste do Brasil. Nem dispensam elucubrações metafísicas entre Deus e o Diabo nesta terra do sol, mesmo que o façam, e bem feito por sinal, à maneira de literatura de cordel.

— Apenas uma ajudinha, seu doutor. Em nome de Nosso Senhor que está no Céu e vela por nós aqui em baixo.

A religião, para eles, tem cheiro da terra — é luta eterna entre potências misteriosas no meio daquilo que faz os pobres humanos virarem marionetes sob o jugo dos deuses celestes e dos deuses das sombras de mundos inferiores.

— Humildemente peço uns trocados, que não lhe fazem falta.

Nós, supostamente de uma "elite branca" e burguesa, estamos apenas confortáveis dentro de um veículo moderno que exibe riqueza; somos uma gente estranha dando sopa na solidão perigosa da baixada próxima ao Parque Dom Pedro no início da noite, e ainda somos aqueles que um dia fizeram parte do mundo dos coronéis, e assim podemos ser reverenciados ou odiados.

— Como o senhor acabou de apreciar minhas simples palavras e minha sinceridade, não escondo em lhe dizer o que pensam de mim: apenas um pobre diabo que chamam por aí de drogado ou de noia.

Neste momento eu me sinto como uma insegura plateia em um teatro de rua improvisado, ou em um quase cinema.

Vejo um "documentário" ao vivo, e se tivesse uma câmera colheria uma amostra de explosiva brasilidade.

— Ou então, seu doutor, eu posso ser mesmo um lixo, feito este vosso servidor, aqui em carne e osso, que o senhor vê na sua frente.

É verdade que muitos deles estão sempre nascendo e muitos estão sempre morrendo. E se alguns são repetitivos e medíocres, outros são criativos e com histórias para boi dormir ou para boi acordar.

Mas diante deste arremedo de show de rua, tiro minha carteira e, num capricho de momento, puxo uma nota de vinte reais. Não conto, porém, com a surpresa de Antônio Santiago quando ele tateia a nota e me olha atônito por prolongados segundos.

O dinheiro é prêmio de consolação para a rotina de um dependente de crack esmolando moedinhas, ou é um excesso de esmola da minha parte, ou é um gesto semiconsciente de prevenir um assalto.

Um súbito espanto, porém, de Antônio Santiago me torna constrangido. Eu me imagino como um burguês arrogante em gesto de abuso de poder para me divertir. Ou então só compartilho minha alegria dando o dinheiro.

Antônio Santiago não perde o rebolado e finaliza seu discurso floreado. Mantém a mesma lucidez drogada ou embriagada de quem quase estaria disposto a criar um pouco de ficção em sua literatura oral. E a tal ponto que ele já completara seu texto e já deseja ir embora — verdadeiro ator em despedida.

* * *

Ele vai se retirar de cena com um cachê relativamente polpudo e surpreendente depois de ter feito sua bonita palavra nordestina triunfar. Mas Antônio Santiago se permite um momento final de gratidão, sabedoria e sutil malandragem, e ele o executa com um toque de autoengano que é o lado torto da autoajuda suspeita.

Ele estende diante de mim a nota de vinte reais testando minha disposição em tomá-la de volta. Percebo a intenção malandra, pois ele sabe que eu sei o que significam os vinte reais para mim e para ele. Ele teria intuído não ser politicamente adequado da minha parte pegar a nota de volta. Certíssimo. Eu jamais o faria, é claro, até por orgulho próprio.

Então Antônio Santiago se dá o aval de confirmar a posse do dinheiro e ficar livre para gastá-lo. Sorri torto e ironiza a possibilidade da compra de duas ou quatro pedras de crack. Depois corrige ao declarar a intenção de adquirir um par ordinário de sandálias.

Minha consciência torce para que isso seja verdade, enquanto fico em dúvida se eu teria sido um pouco sádico. Afinal de contas, acabo de provocá-lo colocando um objeto do desejo nas suas mãos. E ele sabe que eu sei que ele pode ir até a biqueira adquirir as pedras para satisfazer uma fissura passageira, ou pode beber até cair, ou lamentar com os míseros vinte reais sua pobreza extrema.

Eu olho para o relógio, sinto que o tempo corre, olho melhor para Antônio Santiago e me pergunto, com um ranço de pessimismo e sabendo estar num lugar perigoso: será que se encarnaria nele um pouquinho do rancor de um jagunço do Conselheiro, que tinha ódio aos coronéis embora os reverenciasse? Seria ele o vingador e, ao mesmo tempo, o beato em busca de redenção?

Mas, para meu alívio, Antônio Santiago, da Paraíba, filho de matador, simplesmente se curva todo solene para agradecer e prossegue caminho no escuro da Rua do Gasômetro.

Logo depois aparece outro morador de rua sem retórica e brilho, um tipo comum que vem com a conversa de sempre. Entediado, eu lhe dou uma moedinha. O morador de rua vai embora no sentido Parque Dom Pedro.

Esse outro não parece fazer parte do mundo esquecido de Euclides da Cunha. Ou, quem sabe, fizesse? Porque os sertões, caro leitor, mudaram-se para São Paulo. E porque uma guerra continua. E bandidos e santos estão por aí. Sublimes e malditos. No entrelaçamento do bem e do mal e atrás de satisfazer necessidades normais ou de se perder em busca de objetos do desejo como faz qualquer vil mortal. Ademais, nunca ninguém sabe o que se passa de fato na mente dos outros.

O tempo da nossa permanência aqui se esgota e outras figuras humanas emergem das sombras no meio desta solidão. Enfim, o melhor que fazemos, nesta hora suspeita, é jantar num bom restaurante no Brás onde vinte reais pagam o *couvert*.

Forramos o estômago e falamos sobre Antônio Santiago, para depois eu me lembrar dele aqui, nesta crônica. E ainda bem que me lembro porque é para isso que serve a literatura e é por isso tudo que eu continuo a ter vontade de escrever.

* * *

*Eu diria que um olhar atento para um morador de rua é um convite para rever um estereótipo e, ao mesmo tempo, é uma oportunidade de constatar o que pode ser estranho, inusitado, exótico ou algo mais.*

*Quando se trabalha com dependentes de drogas, há uma diferença fundamental entre atender pessoas dentro de um ambiente institucional e protegido e, por outro lado, encontrar pessoas na rua ao deus-dará ou num joguete entre Deus e o Diabo perambulando ao sabor do acaso e da necessidade. Principalmente quando se trata de alguém no embalo da onda moderna do crack — esta droga perigosa, mal compreendida e tão demonizada.*

*Meu encontro com Antônio Santiago (nome parcialmente fictício) teve a peculiar circunstância de haver ocorrido no início da noite e na solidão próxima ao Parque Dom Pedro, e de haver iniciado no calor da espontaneidade.*

*Foi quando se produziu a aparição de um morador de rua com um jeito especial, e quando se construiu um momento criativo através da cenicidade e da palavra sonora bem colocada. Porque ele era certamente um desses tipos que se valem da retórica popular nordestina em sua proposta sedutora para vender o peixe, como se diz popularmente.*

*Confesso ter ficado com receio, ainda mais devido à violência presente na cidade e sendo o local de encontro ermo. Mas fui pego de surpresa pelo rompante da apresentação dele, e sua teatralidade foi sutilmente cedendo espaço a uma manipulação malandra e interesseira.*

De repente virei cúmplice de mim mesmo quando soltei mais do que o dinheiro habitual a um morador de rua, e seja para me defender de algum temido assalto ou, de maneira um pouco sádica, para me divertir com o que me pareceu um pequeno e improvisado show.

E aproveito agora o ensejo para comentar um fato que julgo importante. Quem convive com drogados em tratamento costuma ignorar o universo do uso social da droga; costuma ignorar o conjunto abrangente e desconhecido daqueles que não procuram ajuda e mal e porcamente vivem na contramão da vida buscando efêmeros prazeres entre amarguras que não costumam ser efêmeras.

É, portanto, nesses momentos crus, impactantes e espontâneos que os recursos acadêmicos — sejam médicos dentro dos centros de atendimento à saúde, ou sejam os recursos das ciências humanas em geral — podem dar com os burros n'água. Isso pode ocorrer na realidade anárquica de rua e na grande cidade brasileira, quando uma droga qualquer (seja o crack ou a mais onipresente cachaça) é mais um elixir banal sem grande novidade no front.

O interessante é que, no caso dele, tudo foi permeado por uma arte dramática fugaz de ocasião. Uma arte retórica digna de uma literatura de cordel, que pode surgir anônima em qualquer canto da cidade e desaparecer feito papel jogado ao lixo.

De uma maneira ou de outra, acho que a perspectiva digamos assim mais ampla da injustiça social e do crime apareceram sutilmente no show de rua de Antônio, motivo pelo qual evoquei os tipos descritos por Euclides da Cunha. Motivo também pelo qual o drama Os Sertões é recorrente quando se tenta apaziguar arestas classistas num país permeado por brutal violência e exploração de classe.

Mas nem haveria tanto a falar deste Antônio além dele ser mais um Antônio perambulando por aí. Mesmo que eu acabe dando crédito ao meu relativo sadismo ou medo de ocasião por tê-lo cutucado com dinheiro depois de seu exibicionismo. Quando *uma nota de vinte reais virou objeto de desconfiança e desejo e trouxe à tona uma capacidade de manipulação típica tanto de dependentes químicos quanto de pessoas que vivem na marginalidade.*

*Recurso esse que resumiu meu "documentário" imprevisto sem câmera e foi meu momento criativo de poder extrair da mesmice miserável das ruas uma possível pérola da brasilidade.*

*Juro que, quando tudo acabou e fui ao restaurante no Brás, pude balizar na memória recente a junção do que tinha sido dito com o que tinha sido insinuado nas entrelinhas.*

*Talvez por esse motivo eu diga ao leitor com bastante sinceridade as seguintes palavras: tome você cuidado e fique muito crítico com tudo o que se fala e escreve por aí sobre drogas, principalmente sobre o crack que é agora a "bola da vez" e ocupa o lugar de honra de bode expiatório de tantas mazelas brasileiras.*

*Afirmo tudo isso sem precisar expor os motivos sobejamente conhecidos de que o crack é de fato perigoso e pode gerar gravíssima dependência. Sei bem disso, mas afirmo que o crack não é nada mais do que outra opção banal da busca de um efêmero e suspeito prazer e no pífio caminho existencial de muitas pessoas a quem se nega o direito de serem pessoas.*

*Daí se pode perfeitamente imaginar que esse contexto maldito de abuso, proibição e marginalidade contribua sim para que certas pessoas mal informadas atribuam não apenas um caráter demoníaco ao crack. Trata-se também de um contexto que indica um motivo mais do que apenas "químico" para tornar essa droga violentamente adictiva em certos redutos.*

*Em resumo: o problema amplamente estudado do crack entre aqueles que são examinados e bem (ou mal) tratados, ou que dificilmente são tratados de fato, é mais do que neuroquímico, porque também é social e cultural, senão até de linguagem e comunicação. Sem falar que a dependência verdadeira de crack é muito difícil de tratar.*

*No entanto, me parece que para este Antônio Santiago o que importava era a busca infinita de um sentido de vida e de uma pífia glória nos restolhos miúdos de seu caminho brasileiro, desde a miséria familiar na Paraíba até ele constatar outras desilusões familiares em São Paulo.*

*Tal como acontece com tantos outros moradores de rua perambulando nas ruas e nas várias cracolândias. Eis então, que para eles, surge a pedra antifilosofal, a pedra apenas química, a pedra tentadora no caminho, a pedra economicamente cara de ser adquirida e rapidamente fumada que desaparece em minutos no cachimbo de várias maneiras improvisado.*

*Antônio Santiago, enfim, não deixava de ser mais um morador de rua, mas ele saiu de si mesmo como personagem, ele de repente transcendeu o estereótipo do morador de rua para vestir a casaca de um ator maior.*

*Ele o fez sem qualquer intenção prévia, assim no veio do improviso, expressando o não dito que ecoou nas minhas palavras internas como o dito mais verdadeiro. Por isso mesmo eu fiquei (e felizmente) sem os meus instrumentos e as minhas referências médicas costumeiras para entender o que se passava.*

*Eu tive de recorrer ao capricho pessoal, à minha condição privilegiada classista e ao ato brincante até meio besta do dinheiro para me desvencilhar de um indivíduo ou aparição e logo cair fora de um show pequeno de rua e me refestelar no conforto e na boa comida.*

# Transfusão total

A princípio seria uma síndrome do vampiro. Não distante dessa onda de vampirismo na mídia em uma literatura *trash*. Conforme vejo bastante no metrô, no trem e nas lotações – meninos e meninas meio hipnotizados deleitando-se em apelos românticos por novas versões de Dráculas midiáticos; conectando-se no desejo de se vampirizarem virtualmente via *net*, *facebook* e coisa e tal.

É o que de imediato me vem à lembrança quando me pedem para atender um rapaz com atitudes estranhas ou sinistras, em um local de tratamento a dependentes de drogas.

Ele estaria proclamando um insano desejo de sangrar a si mesmo e beber sangue alheio. Despertando uma onda de pânico ou de horror em plena luz do dia.

Todos aqui temem que ele pegue algum instrumento de corte e se fira, ou fira alguém para satisfazer o que ainda não se sabe ser desvairada loucura ou fantasia mórbida de estranhíssima "noia".

O que se segue é uma esquiva nervosa e atordoada de pessoas e um movimento apressado de seguranças.

Mas, de repente, eu vejo melhor este indivíduo, num instante de pausa e silêncio.

Ele é uma criatura chamada Josué que, em poucos instantes, é conduzido a uma sala de atendimento sem maiores dificuldades.

Ele mantém um olhar meio parado. Está, porém, orientado e, dentro em pouco, responde perguntas, já conversa.

Não esconde o cínico desejo de beber sangue e de fazê-lo jorrar de seu corpo. E ainda parece um pouco perdido e confuso no assunto sangue quando levanta a camisa e expõe vários cortes paralelos de faca no tórax e abdômen.

É um rapaz de 22 anos, vindo de Sergipe, com sotaque forte do Norte. O tom escurecido da pele denota uma negritude mascarada. Veste-se com neutra simplicidade. No mais é como se fosse um peão de obra.

Quando eu pergunto a respeito do hábito de usar armas brancas, ele entorta a cabeça para baixo. Com dissimulada calma me diz já ter furado o corpo de algum próximo por questão de brava desavença. Mas nunca apagou ninguém, só feriu em brigas ao ter sido provocado.

Eu tenho a impressão de que ele não seja propriamente violento. Não parece. É apenas um tipo próximo ao sertanejo, um matuto, entocado em si mesmo naquela desconfiança de ficar "na dele", introvertido e à espreita.

* * *

Neste encontro começa a surgir uma pequena história de vida balizada pela racionalidade linear do tempo, do tempo que condensa breves relatos e traz supostos fatos ocorridos ao longo de uma vida. Quando Josué, por via de nebulosas circunstâncias de criação, tornou-se progressivamente o que se considera um dependente grave de drogas.

Ao longo de uma *via crucis* de experimentos com drogas, ele afundou no atoleiro do crack e dele se encantou radicalmente, enquanto foi se mudando aos trancos e barrancos para São Paulo com os pais e os irmãos e, aos poucos, desligou-se primeiro de empregos regulares e, depois, de "bicos" variados e inconstantes.

Num momento reflexivo ele admite que, caso um "vício" não o tivesse jogado para o que ele chama de "fundo do poço", estaria preso à rotina de uma família e de um emprego comum, indo e vindo todo dia de casa para o trabalho.

Mas sendo ou não um trabalhador, aqui na periferia de São Paulo ele tem até um jeito de "mano", como muitos que engrossam a população bastante jovem de Guaianases. Por outro lado, ele não é uma pessoa comum e se diferencia bastante de outros "manos" e dos consumidores dessa onda *trash* de literatura vampiresca.

Não apenas por causa da sua peculiar volúpia de sangue, mas também pelos vários cortes espalhados pelo corpo — coisa até sofisticada e cheia de símbolos ricos. Que no embalo da fissura pelo crack seria manifestação enviesada de um desejo forte pedindo um ritual entre autofágico e antropofágico.

Josué, ao contrário de outros dependentes de crack costumeiros e banais, é um contraventor ao mutilar seu próprio território corporal, onde ele testa e concretiza bizarras fantasias cortantes.

Não se contentando com a vontade de chupar o sangue alheio, deseja chupar o dele próprio e expeli-lo como num ato masturbatório de singular prazer.

Dele brotaria um desejo vindo lá do fundo, para sair de si próprio e também habitar os mistérios de um outro ser com quem buscasse parceria. Ou com quem se dispusesse a trocas realizadas na agonia erótica de um dar e receber.

Mas até aqui Josué parecia afinado com a proposta de outros dependentes de crack, os quais se sentem impregnados de algum mal, de alguma sujeira profunda a circular no sangue. Daí se voltam, quase todos, obsessivos em busca de uma limpeza. Que aliás tem nome: palavra higienista e marqueteira e assunto já midiático às escâncaras. É a tal desintoxicação, termo comum nas tais clínicas de (suposta e suspeita) recuperação.

Josué, porém, acrescenta aí uma variante macabra e até original, embora ele parta da mesma agonia de outros dependentes verdadeiros de crack; porque esses outros costumam se sentir vagamente culpados e impregnados do mal da droga e querem se purgar, querem apagar tanto a culpa da alma quanto querem retirar o mal do sangue e do corpo.

E seguem no mesmo embalo das inúmeras tolices que a gente escuta todo dia a respeito de drogas. Quando tantos dos que são chamados adictos insistem em ficar meses a fio tomando remédios inúteis para se desintoxicarem e se limparem continuamente.

Acreditando que invisíveis manchas no sangue durem muitos anos a fio; chegando a jurar que uma terrível sujeira do sangue possa ser curada somente com a morte ou, sendo mais do que eterna enquanto dura, transfira-se para meandros do além-mundo.

Josué, todavia, deseja ser radical, e carrega a insistência ousada de quem esteja querendo, mal e porcamente, uma transfusão total.

Justamente ao confessar um plano de transcendência inusitada na medida em que busca jorrar-se de dentro de si mesmo; seguindo além da vulgar fantasia vampiresca de apenas sugar o sangue alheio; perdendo-se nos embalos de uma "noia" mais profunda e com pretensões maiores do que mordidas convencionais de inúmeros Dráculas midiáticos.

* * *

O ambiente aqui no meu local de trabalho é agora de calmaria. E se as pessoas já estão aliviadas do velho medo de sangue, digo calmamente a todos: este rapaz nordestino vindo de Sergipe é tão somente mais um a ser tratado.

Se bem que eu gostaria de dizer também a ele do quanto eu o considero vítima das contradições do Brasil moderno: ser-humano-droga-alienado em sociedade líquida de pessoas--mercadorias, transeunte-transitório em busca de alternativo desejo.

Por um líquido motivo ele me lembra aquele personagem--trabalhador do filme "O homem que virou suco", rodado em plena ditadura militar. Um personagem que renasce hoje como um outro personagem talvez um pouco semelhante, igualmente frágil, aventurando-se num Brasil mais democrático.

Nesse caso, sendo aquele que segue no caminho da pedra incandescente, em bizarro idílio entre atos concretos e virtuais. No embalo moderno do fetiche da pedra, ou no rumo de um passaporte simbólico para domínios de um inefável terror.

Mas ele insiste em se refazer da sujeira profunda para atingir a cristalina pureza. E na busca pela transfusão total, ele deseja realizar atos íntimos não de maneira eroticamente costumeira, porém eroticamente enviesada, com outras criaturas ditas humanas.

Isso ele procura concretizar desde o profundo limiar de um alternativo desejo por gozo, até chegar a pretensão de um troca--troca. Para dar e receber, para eliminar uma velha carga e depois recolocar de volta uma nova, e assim atingir um nível desejado de cura pela transfusão radical.

Desde um Josué pessoal até se fundir entre josués impessoais com suas almas agônicas e corpos cheios de bizarra volúpia. Numa condição do que se diria grave transtorno *borderline* da personalidade, que faz com que anjos se confundam com demônios enquanto demônios se fazem de anjos. Em situação dita limítrofe e crepuscular.

* * *

Mas agora tudo aqui está sob relativo controle.

Josué já é um simples paciente preparando-se para ir embora e depois retornar. Sem dizer que ele é também número de prontuário. Seu caso nebuloso se desvanece perante um mero e pontual dado estatístico no que se assume como diagnóstico.

* * *

Estou de volta ao trem rumo ao centro da cidade. Vejo meninas e meninos em leituras e visões de belos corpos adolescentes, no erotismo virtual de trocas de sangue. Em território seguro onde Josué peão nordestino e brasileiro comum destoaria por ter vindo de caminhos diferentes. Descolado, via louca radicalidade, dessa moda vampiresca de literatura *trash*.

Quem sabe desejando, no seu beco de solidão, criar um autofágico romance solitário de si próprio enquanto busca sugar-se e devorar outro ser humano vago e desejado nos limites infinitos da "brisa" da pedra incandescente de cocaína.

* * *

*Os temas vampirescos são prolíficos, riquíssimos e polissêmicos. No caso do crack e da suposta epidemia que, conforme dizem por aí, assolaria o país, raramente surge melhor instrumento simbólico de avaliação do que a velha história da "picada do vampiro".*

*Sim, porque a metáfora sintetiza os horrores criados em cima dessa figura misteriosa e mal compreendida que é o adicto em crack, vulgo "noia" retratado habitualmente como um zumbi caricato, magrelo, de rosto chupado e com jeito de psicopata de filme classe C.*

*No entanto, simbolicamente falando, o tema folclórico e arquetípico do vampiro — surgido antes dos Dráculas bem conhecidos e sendo um tema tão antigo quanto a memória da humanidade — expressa clareza sobre o mundo das sombras infernais que, segundo muita gente acredita, é a sanha maldita do crack e de seus eternos dependentes.*

*Não é preciso explorar muito este tema de forma médica ou científica para demolir algumas crenças vãs, como a de que um uso único do crack lança o coitado do usuário na eterna dependência — tola crença aliás bastante comum.*

*É preciso mostrar também o medo atávico do contágio transcendendo o que se tem ou o que se imagina como corpo. Contágio da suposta alma que veicula uma semente do mal acreditada perene.*

*Mas eu sei que nesta onda perigosa do crack há que se considerar, é claro, os problemas seríssimos da adicção pesada e relativamente rápida ocorrendo em muitos, mas não em todos os usuários.*

*Não há como recusar também as considerações objetivas e científicas da questão. Isso é evidente. No entanto, há que se considerar o imaginário popular constelado na "picada do vampiro".*

*É por isso que aquele ser humano pobre diabo que entrou em cena em um centro de atendimento público apavorando a todos com reais e promíscuas ameaças de trocas de sangue, ah sim, é por isso que ele, com razão, semeou um pânico passageiro.*

*Fomos pegos de surpresa e por esse medo inconsciente! A nós que estamos acostumados com tipos enlouquecidos e possuídos, com surtos psicóticos e o escambau.*

*Eu me lembro que ele trazia uma horrenda delicadeza transbordando em sua líquida e rubra loucura. Afinal de contas, ele pode ser reduzido, muito provavelmente, a uma condição tida na área "psi" como personalidade limítrofe, transtorno* borderline *grave.*

*Ele reúne sintomas e sinais inequívocos de uma entidade mista, ambivalente, desafiante e complexa. Entidade que evoca as psiques fragmentadas que não têm aquilo que se chama de* self*; ainda mais ele, como tantos outros, que são personalidades seduzidas pelas sombras e trocam o luminoso pelo sombrio. Que são tipos humanos eroticamente ávidos de contatos bizarros e buscam, até inconscientemente e via regressões animalescas, um sugar obsessivo de fase oral.*

*No caso deste Josué tudo se constelou em um personagem real, concreto e vivíssimo a trazer cinicamente uma proposta de transfusão total, como ele calmamente deu a entender na entrevista, enquanto oscilava nos limites frouxos da sua personalidade.*

*Eis aí, portanto, uma condição complexa habitualmente encontrada em adictos muito graves, para os quais a chamada droga — crack ou outra — é uma moeda de troca para uma viagem erótica maldita, recheada de lúgubres tinturas românticas e fazendo eco ao que tem sido moda passageira na literatura* trash *sobre vampiros.*

*Literatura feita principalmente para adolescentes mirarem corpos esbeltos e esculturais em meio a um descarado desejo de sexo, de contato, porém apenas ampliando uma visão medíocre, que é reduzida a flertes nas redes sociais.*

*Então volto ao início quando me apareceu este Josué tão anônimo que, dentre muitos outros usuários também portadores de grave transtorno limítrofe da personalidade, foi quem melhor sintetizou um romantismo satânico que essa literatura* trash *não consegue fazer por ser pasteurizada demais.*

*Admito, enfim, ter viajado um pouco além nas minhas conclusões a respeito desta criatura atormentada, e digo francamente que esta criatura deveria estar sendo movida por uma obsessão de cura, por uma insistência em juntar seus cacos, seus pedaços.*

*Da mesma forma como os vampiros literários, e os vampiros clássicos, e os vampiros folclóricos ou também os midiáticos são movidos pela ânsia de cura da morte, ao sugarem eternamente o sangue e a alma dos vivos.*

*Para quem se disponha a fazer uma viagem mais profunda nas contradições inimagináveis da dependência pesada de crack (e de outras drogas também) é muito importante se reportar a uma ânsia profunda que mistura erotismo das sombras com religiosidade sincrética.*

*Sem falar dos polissignificados da sexualidade humana como se os mesmos significados compusessem um bizarro e descarado poema concreto, como se pudessem ser escritos em gestos cortantes e perfurantes, em rasgos suculentos na carne viva, em rasgos cinicamente gozosos e perpetrados até com uma elegância de um Marquês de Sade. E ainda mais dentro desta onda, cuja semiótica química — eu diria, tomando liberdades — precisa ser melhor decodificada nos descaminhos caprichosos das sombras iluminadas, ou das iluminações sombrias.*

*Mas acontece que depois da tempestade vem a bonança, e foi o que se deu quando aquele rapaz recebeu seu rótulo, recebeu seu diagnóstico e apaziguou os circunstantes com as bênçãos da medicina ou da saúde pública.*

*Mal sabendo ele de sua condição limítrofe e oscilante, ou sabendo sem o saber. Porque depois, caro leitor assustado, eu não me lembro de tê-lo visto mais.*

*Acho que ele não voltou e não sei se ele seguiu seu caminho insistindo em transfundir-se, ou se promoveu sustos do tipo filme "sexta-feira treze".*

*Sem dizer ainda que muitas personalidades limítrofes querem juntar suas partes em busca de um* self *e evocam ao mesmo tempo susto, desafio, obsessão, surpresa e tormento. Ou tudo isso junto. Isto é, quando se juntam se desjuntando.*

# Quatro tempos antes de um acerto de contas

PRIMEIRO TEMPO

O senhor procure me entender. Parece filme de terror: minha mãe bebendo, depois caída no chão, ouvindo vozes, tendo visões, gritando, berrando; meu irmão me batendo e eu sem saber por que; e meu pai, uma sombra que um dia passou.

* * *

Comecei a usar droga com doze anos. Usei de tudo e aos quinze caí no crack. Na época eu traficava, roubava e costumava parar muito na Febem.

Confesso dois homicídios. O primeiro com dezoito anos quando fui enganado por um comparsa na partilha de um assalto.

Se tive remorso? Não. Segui a lei do crime. Só fiquei assustado nos primeiros dias com medo de me caguetarem.

O outro homicídio foi por causa de um olhar atravessado dentro de um bar. Eu falei: — qual é a tua assim de me encarar?! O cara disse que eu era folgado. Rolei com ele no chão, puxei uma faca e rasguei a barriga do cara.

Se me arrependo? Sim. Pedi perdão a Deus, mas ainda vejo um corpo na minha frente e escuto a voz do morto.

Em toda minha vida teve muito assalto a mão armada, dito 157. Só uma vez eu e meus comparsas vacilamos quando a gente foi surpreendido na manha por policiais à paisana.

Então conversei com os comparsas na viatura: nada de entregar o B.O., mano.

Os gambés me deixaram nu, deram choque no meu pau, deram soco amortecido pra não deixar marca, me penduravam de ponta cabeça, depois desviravam e aí começava tudo de novo.

De madrugada os companheiros de cela ameaçaram dar voz de rebelião. Enquanto os gambés me detonavam os outros detentos berravam. Eu via a morte. Até que chegou o delegado da manhã, ficou preocupado com o clima no DP e ordenou o fim da tortura.

O delegado me estendeu papel e caneta. Minha mente turvava. Assinei cambaleando porte ilegal de arma. Nenhum 157. Caguetar não ia não.

Minha história, desde moleque, está muito ligada no crime e na droga, principalmente no crack. Mas eu sempre fui respeitado quando os comparsas me chamavam pra dar cobertura e aparecia muito assalto. Tudo era adrenalina e ao mesmo tempo meio de vida, né!?

Eu também brinquei, senhor, de ser capitalista quando fiquei sócio de uma biqueira. Eu vivia da pedra e para a pedra! Cheguei a ser consumidor de mim mesmo — tá ligado?! — girando entre a minha brisa e o meu negócio.

Eu estava até meio no sossego quando meu sócio ainda me chamou pra uma correria da hora porque sabe que sou bom de serviço, e me tentou em mais uma aventura de ação e adrenalina.

De repente eu estava pra voltar aos velhos tempos de 157. Mas mudei de ideia e disse: escuta aqui, meu irmão, não quero mais saber desse tipo de crime, e peço proteção a Deus. Ele estranhou. Perguntou se eu ainda estava firmeza na biqueira que a gente tinha juntos. Eu disse que estava só meio firmeza porque tinha tomado uma decisão: passar minha parte adiante. Ele estranhou mais. Eu admiti que tinha acontecido comigo uma crise de consciência, e daí comecei a ir na igreja onde falam que o maligno sempre ronda por perto.

O senhor quer saber? Eu quero outra coisa na vida, ainda que eu sempre me considere guerreiro — de fé como nas letras dos Racionais.

Embaçado explicar, né? É que passei a vida no crime, apesar de sentir fome de justiça, um pouco torta pra dizer a verdade, mas ela pode ser simples e direta. Não me conformo vendo uma pessoa sofrer na minha frente e quero ajudar, mesmo fazendo outra pessoa sofrer.

O senhor pode acreditar: já pensei em ser justiceiro, até maldito, e por que não?

Também aprecio paz e alegria. Posso ser cruel mas tem hora em que sou criança. Viajo solto nos meus pensamentos, bem brisado e de boa curtindo uma paranga suave na minha quebrada pra relaxar.

## SEGUNDO TEMPO

Confesso um medo de morrer, menos pela vida na droga do que pela droga de vida. E tenho pela frente um acerto de contas que desejo esclarecer.

O senhor sabe que tudo neste mundo tem história, mas o que me interessa é a história da biqueira, que funcionava onde tinha um bar, existia antes de mim, vai continuar existindo, teve outros donos, e vem passando de mão em mão.

De repente eu me vi meio dono, e meu comparsa se viu assim, só que nós estamos passando o ponto porque o mundo gira e os acontecimentos também giram e são negócios, né?

O problema são as tretas que podem surgir em todos os negócios, pois o planeta dá suas voltas e os irmãos — de sangue ou não — se encontram e se desencontram na mão e na contramão do mundo.

E aqui começa na verdade a história.

O meu parceiro atual sabe que eu fazia umas correrias em sociedade com o irmão dele. Daí surgiu o problema do dinheiro daquele assalto que a gente fez, os três juntos, o meu último 157.

Eu investi o dinheiro todo do assalto na biqueira junto com este meu parceiro atual. Acontece que o outro, o irmão dele, está preso.

Ele ficou desconfiado e mandou umas pipas pra se informar e me pressionar. Eu consegui fazer a cabeça do meu parceiro pra ele segurar as pontas até o irmão dele sair da cadeia e a gente acertar o que tem de acertar.

Então surgiu outra treta com o irmão do rapaz que está na negociação da biqueira, e que é da outra rua na mesma vila onde eu moro.

Mas aí a discórdia começou num momento em que a danação correu solta a troco de besteira.

Vou direto ao assunto: eu faltei com respeito ao irmão do rapaz. Quer saber o porquê? Ele vende o corpo no centro da cidade.

Certo dia trombei com ele na minha rua e disse: — é por isso, mano, que você gosta de se embelezar depois de ficar sarado na malhação?! — escuta aqui, mano, esta é a correria que você sempre esteve a fim de fazer?!

Eu só quis zoar um pouco, e até aí nada de mais, cada um na sua. Mas nós começamos a discutir. Os que estavam com ele se juntaram no bate-boca e disseram que eu estava tirando ele e era folgado. Eu tentei parar a discussão. Impossível. Além disso os outros me provocaram pra repetir o que eu pensava mesmo do rapaz, ali, na cara.

Aceitei a provocação, encarei e ofendi a honra do rapaz. Insinuei que ele devia gostar daquilo — qual é a tua, mano? — e disse que ele devia ter seu lado flor pra oferecer... a bom preço... a sua beleza. Cada um dá o que tem!

Depois fiquei rindo sozinho. Seguiu um silêncio geral. Os manos da outra rua me olharam atravessados. Calma aí! Eu saquei o clima pesado. Pedi desculpa. Não resolveu. Eles tomaram as dores. O ofendido baixou um pouco a cabeça, depois me encarou com um ódio da porra. A faísca foi acesa.

Quer saber melhor? Se eu estiver armado e o rapaz da outra rua não acertar o pagamento direitinho e ainda me olhar torto, apago ele do lado de seu irmãozinho garoto de programa, tá ligado!? O sangue de um espirra em cima da flor que é o outro.

Tive vontade de fazer isso, mas em outro momento quis deixar quieto. Ainda mais porque entreguei as armas quando entrei na igreja. Não desejo virar cristão de arma na mão.

Só que, pra me garantir na negociação, ando junto com alguns moleques lá da rua, com todo mundo vendo, e alguns manos armados, é claro.

Porque a vila é um mundinho pequeno onde o grande perigo é eles perceberem que alguém pode virar carta fora do baralho. Principalmente sendo curinga perdido em outras quebradas.

Daí a hora sinistra do golpe chega mansa quando eles querem tomar o seu lugar, e a danação vem rapidinho quando um fraqueja, e os outros, na maldade, detonam já sabendo de tudo antecipado.

Então o forte deixa de ser forte e é devorado. Lei da selva.

Mas vou seguir um conselho que sinto vir do senhor: negociar.

E antecipo agora minha chegada pra fazer o acerto e fechar o negócio.

O senhor pode ver a cena: tudo ao redor continua em seu ritmo; os moleques brincam soltos na rua ou seguem atrás de uma bola; os trabalhadores caminham pro trabalho na rotina de sempre; as donas de casa falam da vida dos outros; os vira-latas fuçam nos sacos de lixo.

De repente aparecem os caras que ainda estão do meu lado e os caras que apoiam eles; os dois grupos caminham a partir das duas pontas da rua, cada um bem do seu lado, até chegarem no meio onde a gente marca um campinho de jogo com as travezinhas.

Dia normal? Não é. As aparências enganam!

Se o mundo é outro jogo, torça pelo meu time. E se o jogo não tem juiz eu quero estar com Deus. Quanto aos outros não sei da companhia deles.

## TERCEIRO TEMPO

Eles souberam da treta com o irmão do meu parceiro porque tudo vaza na vila. Então eles deram um tempo empurrando com a barriga no calor da discórdia e pra dividir a gente. Tá ligado?!

Foi pior. Adiantaram parte da grana do pagamento da biqueira na pura esperteza, fazendo pressão pra continuar invadindo nossa área e dominar território, e ainda puseram uma condição pra parar de invadir: a gente devolver essa parte do dinheiro.

A gente devolveu a parcela, eles adiantaram uma grana de novo e repetiram a ameaça.

Eles dão com uma mão e tiram com a outra, trocam uma parte pelo todo e o todo por uma parte, e mandam avisar que está tudo acertado. Ou mandam recado dizendo que nós estamos devendo e concordam em deixar limpo desde que a gente entregue o ponto!

O esquema é dividir e confundir pra conquistar; estratégia de provocação de guerra que, no fundo, é luta pelo poder, né?

Em resumo: eles dizem que já compraram e a gente diz que ainda não vendeu. Na maldade e na esperteza eles empurram os acordos pra frente.

Eu continuo firme na minha decisão, e ofereci pro meu parceiro largar minha parte daquilo que os outros vão ter que pagar. Mas ele não quer receber a parte dele a não ser que eu também exija a minha.

Então eu disse: escuta aqui mano, eu encaro a perda, abro mão da minha parte na biqueira pra acertar a pendência daquela antiga partilha com teu irmão no assalto. Ele bateu pé: não aceita, e ademais já está armado. Não somente ele, mas os outros também.

Eu percebi: se me querem na luta e eu desejo cair fora estou começando a desconfiar que já não posso.

Ainda vieram falar em reparação pela ofensa contra o irmão do rapaz. Deram uma de juiz e decidiram um valor que exigem descontar do preço da biqueira!

E todo mundo aqui sabe que o bicho está solto devorando dos dois lados, tá ligado?! E tem mais: se eu nego fogo pode acontecer também de eu brigar com meu parceiro atual. É a danação final. Pois o irmão dele está pra sair da cadeia, continua mandando umas pipas, atiça os desentendimentos, e quer chamar as facções, principalmente os irmãos do partido pra apurar tudo.

O senhor sabe que este é um jogo de guerra que faz parte da história do mundo. Por isso as tretas vivem soltas e de cada uma delas nasce uma outra. Por isso a briga se multiplica e nunca acaba. Ela só amansa e depois a gente volta a se pegar.

Pra quem chega a vila parece calma. Não é. Quando o senhor vê a gente batendo bola na rua parece que é só alegria. Engano. Quando o senhor vê os moleques fumando baseado na maior cara de pau, parece que é tudo normal. Outra ilusão feito a pira do bagulho da droga que é a ilusão do barato. Feito as viagens na noia que a gente faz brisado ou bem louco e sem sair da quebrada onde a gente se esconde.

Por isso não confio em ninguém, mesmo que eu vá na igreja, tá ligado?! Mas quando atravesso a porta do templo sagrado caio de novo na real do mundo, retorno pra minha rua, vejo meus trutas, meus inimigos, os que podem ser meus amigos, e os falsos amigos, e gente que a gente conhece e não confia.

A guerra está chegando. E se um ou outro lado não aceita a negociação — dois palitos — o estrago está feito e segue a detonação, tá ligado?!

Porque as pessoas querem levar vantagem, dar o golpe na hora que acham certa e ainda não ficam contentes de chupar teu pescoço. Desejam a satisfação do confronto feito a adrenalina do crime que tem muitas faces e está em todos os lugares — show de horrores.

Daí eu começo a cismar quando escuto uma fala dentro de mim. É a voz do cara que eu rasguei de faca e continua enterrado na minha cabeça.

A voz exige um acerto de contas. Daí não sei mais em quem acreditar e estou virando um forasteiro em minha quebrada. Por isso posso estar com os dias contados, porque aqui na vila carta fora do baralho deve ser coberta de terra e quem provou da vida maldita do crime e quer sair fica com fama de virar cagueta, bandear pro outro lado e até passar pro time dos gambés.

Então eu fumo pedra durante noites longas de insônia e agonia. Ando em círculos no meu quarto feito bicho acuado, fera ferida. E a pira do bagulho da pedra acende toda a noia na minha cabeça.

Vejo meus perseguidores na minha frente. Espalhados por toda parte. Posicionados como num jogo. Escuto suas vozes crescendo. E passos vão se aproximando.

Vejo uma tela viva insuportável, sessão de terror. Que nem antigamente como se fosse ontem quando eu tinha doze anos e não conseguia mais ficar em casa.

Por isso mesmo eu preciso contar o resto.

Aconteceu num dia na vila quando nem era noite e ainda tinha um pouco de sol.

Eu trombei com os caras da outra rua. A gente voltou a bater boca por causa da conversa da flor. Chegou aquele rapaz delicado. Me olhou com maldade e ódio. Os caras da outra rua me provocaram de novo pra falar o que eu achava dele. Eu sustentei o que tinha dito. Eles me encararam. Eu pedi desculpa mais uma vez. Não resolveu.

Cada um, de cano na mão, marchou na minha direção. Eu disse calma aí, mano. Andei um pouco de costas. Encostei num muro pedindo trégua. Implorei pra afastarem os canos de mim. Engatilharam. Achei que iam me apagar. Falaram que estavam só assustando. Eu baixei a guarda, mosquei, e recebi um tapa na cara.

Todos riram e ainda se olharam triunfantes. Depois recuaram e foram recolhendo os canos. Deram as costas se achando seguros. Sabiam que arma eu não tinha desde que fiquei alardeando meu gesto cristão quando entrei na igreja; riram com deboche e malícia e disseram que minha conversa era desculpa de cuzão.

Ainda folgaram me jogando aquele tapa na cara. Que seguiu em palavras que ferem. Pois o tapa correu de boca em boca, espalhou pela vila, e quando eu via qualquer um tinha certeza de que era disso que a pessoa falava. Cada olhar atravessado na minha direção era pra insinuar o tapa.

Um dia eles passaram em frente da minha casa dando gargalhada. Fizeram depois silêncio e atiraram uma flor vermelha na minha porta. Foi aquele rapaz manso. Eu tenho certeza. E ele ainda deve ter dado um sorriso de maldade e triunfo.

## QUARTO TEMPO

Todos marcham pro confronto...
...e eu sou guerreiro...
...mas tem a voz daquele que eu apaguei...
...e também a voz do maligno...

...então sinto vontade de pegar...
...outra vez no meu cano...
...agora eu vejo tudo...
...meu parceiro tem olhar de maldade...
...ele me empurrou pro confronto...
...quando eu desfiz a sociedade...
...ele passou pro lado de lá...
...ele se juntou ao irmão dele...
...e também se juntou ao rapaz da outra rua...
...que vai assumir o controle...
...com aquele seu irmão manso e delicado...
...que olha fundo nos meus olhos...
...invasor da minha mente e do meu corpo...
...e desfila oferecido pela cidade...
...pra chegar no melhor preço...
...vai abrindo os braços...
...com um jeito de flor...
...anda com sorriso atravessado...
...fazendo o jogo da maldade...
...dá uma balançada no corpo...
...a cartada final é dele...
...porque eu sei de tudo...
...a voz do cara que eu apaguei me revela...
...o rapaz delicado é a isca...
...pra ser completada a danação...
...o sinal de detonar é dado por ele...
...sua língua, feito cobra, dança bailarina...
...uma flor vermelha aparece em sua boca...
...ele cospe a flor no meu rosto...
...eu revido dando a outra face...
...ele apanha de novo a flor...
...ele me bate a flor na cara...
...com a outra mão me acaricia...
...derrama sangue em minha cabeça...

...eu sinto o primeiro tapa na cara...
...eu sinto o primeiro açoite nas costas...
...eu caio no chão e me ergo...
...caio de novo...
...sou erguido...
...sou pregado numa cruz...
...sou o ladrão...
...também o outro ladrão...
...sou o soldado que bate...
...sou o soldado que arranca o sangue...
...com a ponta da lança...
...o rapaz tapa a minha face...
...ele tem a mão aberta...
...ele vai fechando a mão...
...ele me aperta a garganta...
...os outros se aproximam rindo...
...escuto suas vozes...
...vão marchando...
...parecem fantasmas dançando...
...enquanto o sol vai se pondo...
...todos estão gargalhando...
...todos colam no meu corpo...
...você meu irmão me ajude...
...você alguém me ajude...
...você ninguém me ajude...
...você legião me ajude...
...o Senhor me ouça e me ajude...
...suplico todos os perdões...
...de joelhos confesso...
...sou pó e nada mais que pó...
...sou pedra e nada mais que pedra...
...usei a mim mesmo...
...fumei a mim mesmo...
...todos me consomem...

...sou eu contra todos...
...mas dentro de mim tem um guerreiro...
...ele é de fé e de luta...
...dentro de mim quer explodir uma vontade...
...do justiceiro que eu sempre quis ser...
...desde quando eu tinha doze anos...
...e via uma cena em minha casa...
...queria parar a cena...
...mas segui tombando pelo mundo...
...sem ter outra saída...
...os tempos mudaram, meu irmão...
...os tempos acabaram, meu irmão...
...os tempos, cada um dos tempos...
...e eu estou aqui na minha toca...
...mas sou apenas sombra...
...sou aquele que não é...
...sempre fui o invisível...
...e se eu aceitei a palavra sagrada...
...tenho um medo profundo...
...mas a minha alma tem sede de Ti...
...e ainda preciso dar uns tiros, meu irmão...
...só me resta dar uns tiros, meu irmão...
...só me resta dar uns tiros, meu irmão...
...dar uns tiros...
...dar uns tiros...
...dar uns t...

* * *

*Tudo começou aparentemente na rotina de um atendimento a um rapaz usuário de cocaína e de crack e metido com a bandidagem e com o tráfico.*

*Da mesma forma, aliás, como tenho visto tantas vezes — seja um caso de pequeno tráfico oportunista, de tráfico para abastecer o consumo adictivo ou, então, de ousadias maiores quando existe na berlinda um sujeito que deseja crescer na criminalidade.*

*Confesso que este é um assunto complexo, uma vez que os limites entre esses grupos não costumam ser claros, e também porque, nas áreas mais carentes da periferia das grandes cidades, o emprego de adolescentes ou até de crianças no tráfico nem sempre ganha a aura de crime supostamente hediondo, embora se torne infelizmente opção de trabalho, não raro com apoio fingido ou até declarado de certas famílias.*

*Ademais, há que se reconhecer uma verdade: famílias ditas desestruturadas pela miséria, pelo alcoolismo ou por outros "vícios" não constituem propriamente exceções em meio à acreditada virtude geral das famílias.*

*Muito pelo contrário: alguma disfuncionalidade costuma ser a regra em quase todas as famílias. No entanto, raramente as mazelas domésticas em redutos periféricos extrapolam para a dramatização escandalosa de domínio público, o que é também consolação para os que acreditam (falsamente) que pecam menos, ou é consolação para os mais discretos, ou então, é consolação para os mais hipócritas.*

*A droga genérica do prazer — e a droga ilícita principalmente — entra no cadinho efervescente e econômico por detrás da santidade suspeita dos redutos domésticos, com a conivência não rara de igrejas e com a presença do crime organizado que, de costume, congrega pessoas bastante moralistas que não enxergam incompatibilidade entre contravenção fora de casa e virtudes conservadoras intramuros. Exatamente como ocorre nas famílias mafiosas mundo afora. Mas que também ocorre nas famílias ditas honestas e virtuosas!*

*Então volto ao assunto deste rapaz, que tinha uma capacidade intensa de evocar suas memórias sem fazer dramatizações excessivas, seguindo seu caminho de forma firme, contundente, perigosa, ou mesmo trágica.*

*O discurso dele seguiu bem além da mera confissão banal do adicto, qual seja, o de mencionar as drogas de preferência e suas escaladas e coisa e tal. Ele chegou ao nível de um cinismo confessional, embora simplório e periférico, mas permitindo que um atendimento médico pudesse aos poucos extrapolar para níveis pessoais mais ousados.*

*Até certo ponto meus encontros com ele se deram conforme o que se espera do meu ofício; ou seja, um ofício de quem escuta dramas de gente sofredora. Mas com adictos complexos há que se buscar caminhos diversos e decifrações, há que se aprofundar a empatia.*

*Então, de repente, lá surgiu uma proposta muito especial. Era um pedido que parecia ser normal, porém era um pedido espantoso. Foi quando o rapaz sentiu ter ganho confiança em mim. Então ele me trouxe um imbróglio delicadíssimo.*

*Lá no fundo tratava-se apenas de uma questão de negócios. Mas era mais uma tentativa aparente de sair do crime e também uma proposta de negociação de uma parceria com uma biqueira (ponto de venda de droga).*

*Eu me senti um pouco coagido a princípio, é claro.*

*Mas depois o rapaz se despejou em revelações bombásticas e se fez humilde e ousado, até que eu acabei aceitando uma função temporária e meio descabida de me transformar num conselheiro à distância. Vejam só que coisa!*

*Eu realmente acredito que o começo do meu texto seja um espelho mais ou menos realista da vida do rapaz, com mínimos lances míticos distorcidos de herói das sombras, e juntando novidades suspeitas quando certos membros do crime* freelancer *ou semiorganizado resolvem abrir o jogo e advogam em causa própria.*

*Digo tudo isso sem deixar de lado a questão nebulosa da culpa em uma ou outra ação criminosa chocante, ou ao menos chocante para quem não está acostumado a conviver com pessoas nos limites da miséria ou pessoas angustiadas nos limites da explosão por terem o pavio curto.*

*Pois assim, em meio a confissões contundentes de franca maldade e também de arrependimento, e entre os apelos fortes do rapaz, eu fui cedendo aos pedidos de uma consultoria especial.*

*Não demorou e eu já estava caminhando no fio da navalha, procurando não me comprometer. Buscando soluções enquanto apelava ao velho bom senso, à sabedoria perene, à própria autoajuda.*

*Admito que aquele caso tinha uma virtude especial de ilustrar não apenas uma busca de redenção, mas era um caso que refletia um microcosmos de interesses escusos em plena Zona Leste de São Paulo. Digo microcosmos (e micronegócio) conforme a velha luta econômica por objetos do desejo, conforme a velha luta pelo poder e por bens e mercadorias vulgares. Sem dizer que esse microcosmos seria, enfim, uma réplica de outro macrocosmos sempre presente na história política e econômica do mundo.*

*O* link *com a História teria sido meu estímulo e meu ponto de partida, e assim fui me dando conta de um atoleiro de problemas interdependentes dentro dos limites realistas do que se tem como ética do crime e do que se tem como oportunismo na quebra dessa ética.*

*Ambos os casos — a ética e a sua quebra — na verdade existem simultaneamente. Isso é até meio dialético. Pois toda ética pressupõe o convívio com a ausência dela mesma. Ainda mais quando é fato que o crime não é tão organizado quanto parece ser.*

*O crime tem uma dinâmica de rupturas e estrangulamentos, de loucuras e ousadias, principalmente quando os seus protagonistas são tipos que nem este rapaz — um quase zé-ninguém meio esquecido e mais inclinado a ser um* freelancer *da contravenção, e tão adicto de crack/cocaína quanto adicto de novidades e ainda querendo curar-se das mazelas de família e dos seus complexos de criação.*

*Tudo isso não é novidade alguma. E ainda é assunto oportuno que não consta em noticiários. Assunto esquecido que escapa às matérias estereotipadas denunciadas na imprensa.*

*Enfim, eu fui compreendendo aos poucos o nível de complexidade da trama e do drama, em que as desculpas de tipos ditos marginais acusam dilemas "cabulosos", até mesmo dilemas algo dostoievskianos nas "quebradas" da Zona Leste, com apoio da linguagem regional, com menções sucessivas de "mano", "trairagem", "crocodilagem", com repetições frequentes do "bagulho loko" e variações.*

*Daí eu bem percebi que as visitas do rapaz iam se encaixando numa lógica operacional popular. E foi assim que eu me via na imposição crescente de não recusar o papel de conselheiro ou de "consultor empresarial", e sendo minha pessoa investida pelo rapaz de uma escusa paternidade passageira. Ah, sim, talvez seja esta a questão principal.*

*Psicanaliticamente falando, havia ali também uma transferência, e por que não?!*

*De uma maneira ou de outra, entre uns e outros papéis assumidos por mim perante ele, eu procurava tanto a fina argúcia como a oportuna frieza, como também procurava, sei lá, uma grandeza de alma para transcender a mesquinharia da coisa sórdida do tráfico. Que nem era coisa tão mesquinha, ou nem era tão sórdida, mas era terrível e implacável.*

*O rapaz voltou algumas vezes, e cada vez trazia um temor à flor da pele como se a próxima etapa fosse uma ausência esperada. Como se cada etapa fosse uma execução anunciada.*

*Não estou exagerando nem um pouco, caro leitor. Eu deixei de lado a função médica de tratar do rapaz como um simples dependente de drogas porque ele nem era mais isso, ou se era, essa condição já não parecia relevante frente às armadilhas do destino construídas para ele com sua cumplicidade.*

*Foi quando decidi mesmo centrar o tratamento naquela consultoria excêntrica esperando, até de maneira caridosa e cristã, conduzir uma ovelha de volta ao rebanho ou solidarizar-me com algum* mea culpa *do meu interlocutor e torcendo para que suas supostas bravatas de arrependimento dessem bons frutos nas searas do perdão.*

*Sei lá se deram bons frutos ou maus frutos. Nem sei mesmo no que deu o imbróglio todo, e temo um final que para sempre ficará sendo uma incógnita. Um final a me cutucar insinuações de tragédia brasileira para que eu possa fazer apenas alguma literatura como consolo.*

*Ainda pensei que tudo aquilo virasse um monólogo. Cheguei a imaginar um cenário de uma toca, e alguém com gorro ninja frente a pacotes de drogas ao lado de uma Bíblia.*

*Mas com ou sem teatro faltava um elo incógnito: era a questão daquele rapaz que era irmão de um outro que queria comprar a biqueira. Com esse outro rapaz teria havido um desentendimento terrível e cabuloso que o meu paciente omitiu e eu nem perguntei detalhes porque havia uma reserva no discurso dele.*

*Então precisei criar um pouco de ficção, mas nada comprometedora e se é que é ficção mesmo. Criei a história do garoto de programa e ali encontrei um símbolo apropriado, a flor vermelha, a flor cor de sangue, o pomo da discórdia numa história muito tensa entre machinhos.*

*Sei que houve ali um mistério e um fator da danação e um núcleo explosivo da maldade. Sim, porque realisticamente tudo caminhava para o confronto, para o ajuste de contas, para a guerra.*

*E já vislumbrando a guerra eu me vi convidado a ficcionalizar o final bélico escolhendo caminhos através dos delírios e tormentos propiciados pela droga pesada, pelo crack. Sem talvez fugir muito ao personagem real que juntava o sonho à necessidade, que juntava a fantasia e a loucura à realidade.*

*Enfim, não há mais tanto a dizer, a não ser que ainda me vem à mente a figura dele — jovem, magro, esguio, misterioso — uns vinte e seis anos mais ou menos; cheio de orgulho típico de gente crescida no crime e na exclusão, de gente que reage com tentativa de grandeza para encobrir a própria pequenez e a fragilidade.*

*Não posso deixar de assinalar uma angústia que ainda me toma profundamente quando revejo meu papel de ter sido um conselheiro atípico. Chego a relevar considerações a respeito de transtornos, de desvios de caráter e coisa e tal. Pois fica muito difícil separar o joio do trigo e a virtude do vício.*

*Sim, porque tudo isso se embaralha no fundo complexo das vicissitudes sociais, e de tal maneira que as avaliações, ou mesmo os diagnósticos, mais uma vez devem ser revistos com cuidado.*

*Ainda mais em um mundo marginal complexo com pitadas dostoievskianas misturadas com pitadas de tragédia grega, entre culpas e castigos judaico-cristãos frementes no meio da lei do cão e à margem suspeita das igrejas evangélicas, onde tantos lavam rotineiramente suas responsabilidades da tal "vida errada" e, além disso, procuram qualquer salve-se quem puder ou salve geral quando o bicho pega solto.*

*Eu concluiria dizendo que este nem é um texto especificamente sobre o dependente de crack, ou não seria talvez uma história comum sobre os descaminhos do crime porque é história demais comprometida com o mito do herói novelesco com a sorte invertida.*

*Mas para mim foi e continua sendo um momento especial de uma reprodução capenga e um tanto estilizada do mundo maior, do mundo político belicoso, da História Universal, dos jogos maquiavélicos de poder no calor da busca por todos os objetos do desejo, por todos os tipos de mercadorias disponíveis no planeta.*

*Um mundo onde a droga substância mais uma vez se funde com o resto das coisas que podem ser droga, e que podem ser as mais genéricas drogas possíveis. Como na história da lágrima atrás do gorro ninja e na história daquele rapaz que viu a execução brutal de seu amigo.*

*Creio que por tudo isso tenha sido melhor dar um fecho com alusões bíblicas mesclando uma busca indiscriminada do crack a outros caminhos existenciais suspeitos.*

*No entanto, nada disso me apaga a tensão por um final que jamais me será revelado.*

# Máscara do corpo em dois tempos

Eu não o via há mais de ano e levo algum tempo para reconhecê-lo. É o JR, o carioca simpático de Vila Isabel, com aquele jeito malandro, cheio dos expedientes, cujo irmão era amigo do *rapper* MV Bill.

Eu então me lembro de ter conhecido JR, todo solto e bem à vontade, quando ele participou de uma leitura dramática da minha peça no papel do traficante Marcelão.

Nos intervalos da leitura surgiu a oportunidade de conversarmos sobre muitos assuntos. Ele me disse gostar de aventuras, de ouvir histórias. Era dado a prazeres banais ou até mesmo fúteis. Gabava-se de ser um sedutor. Tinha várias moradas. Topava qualquer parada ou negócio que lhe desse vantagem.

Ele é um tipo de adicto que a gente costuma chamar de "buscador de novidades". E parece ter sido um menino hiperativo, sempre tomado por inquietações e por um descaramento irreverente até aceitável conforme um jeito carioca e meio malandro de ser.

Ele tem facilidade para diversas funções. É pau pra toda obra. Chegou a fazer oportunamente o papel de monitor aqui na Comunidade Terapêutica, dando palpites em recuperações, e em tratamentos.

Certa vez assumiu temporariamente um "bico" de segurança quando protagonizou um episódio quase explosivo cuidadosamente abafado.

Tinha ocorrido uma discussão pesada em que um rapaz recém-admitido na Comunidade descontrolou-se, ficou enfurecido e precisou ser contido. JR — tranquilo e com maestria de brigador de rua — imobilizou o rapaz com um golpe efetivo, rapidamente deitou-o no chão e a fúria acabou. Juro que me pareceu coisa de profissional.

* * *

Faz um ano que o vi pela última vez.

Agora estou diante de quem me parece ainda ser um rapaz, apesar de seus trinta e poucos anos. Mas ele é uma sombra do que havia sido. Apesar de conservar um jeito inalterado de eterno adolescente, ele tem, dessa vez, a face chupada e os olhos encovados. Está magérrimo e todo descuidado.

Me abraça, encosta a cabeça demoradamente no meu peito para logo se abrir e se derramar sobre suas desventuras.

Confessa ter entrado na maldita onda do crack. Abaixa a cabeça com humildade e entrega, quieta-se um pouco e depois fala bastante.

Pela primeira vez, ouço, num jorro contínuo, sua história de vida.

Ele é filho caçula de uma família suburbana de Vila Isabel em que praticamente todo mundo é gente "certinha", religiosa, crente e sofrida. Só ele de ovelha negra.

Nos seus descaminhos desde tenra juventude ele buscava sempre estar em trânsito pelo mundo, e perdera bem cedo o contato com sua família.

Já rapaz, voltara a ver o pai após alguns anos de ausência e viu o pai se acabando todo inchado sem conseguir sair de uma cama.

O pai, que sempre fora rígido e autoritário, o abraçou e morreu pouco tempo depois. E se a cena lembraria cinema romântico, seguiu-se um clímax antirromântico.

Após o velório JR foi tomado por um profundo desencanto. Foi a uma biqueira, comprou pedras de crack e atirou a sorte na valeta da existência. Daí não parou mais de usar.

Não conseguiu se reconciliar com a família, e os familiares não lhe pouparam a acusação de que teria sido o responsável pela morte do velho. Para tanto arrolaram decepções ao longo dos anos em seu comportamento desviante das normas da família.

Sempre insistiam na culpa dele, apesar do pai ter partido desta vida aos setenta e poucos anos, inchado e cheio de moléstias crônicas. Mas alguém precisava ser o bode expiatório.

* * *

Começo a examinar JR, que tira a roupa e fica de cueca. Vejo um corpo escasso de massa muscular, as pernas finas, os braços finos. Um perfil caricato que mal lembra o rapaz forte que conheci há um ano.

Outras revelações me chegam ao conhecimento. Vejo uma grande tatuagem agressiva nas suas costas. Desconfio ser tatuagem de cadeia. JR me diz calmamente que ficou preso a partir dos dezenove anos por oito anos em regime fechado. O motivo é 157, assalto a mão armada.

JR detalha um grande assalto numa cidade do interior, muito comentado na época nos jornais e em que uma pessoa morreu baleada, e me diz que quem atirou foi outro.

É claro que não tenho como saber a verdade. Mas estou acostumado com essas conversas. Quase todos dizem a mesma coisa. É sempre um outro que atira. Velha história.

Fico sabendo que a pena foi de dezesseis anos, mas JR cumpriu oito anos porque foi beneficiado com leis que contemplam o abreviamento do tempo de prisão.

* * *

Faço uma anamnese mais detalhada a respeito do envolvimento de JR com o crack. Ele escancara tudo sobre a maldita pedra enquanto me faz confissões apontando "onde o bicho pega".

Revela também que usou várias drogas desde a adolescência, desde quando era o garoto rebelde em conflito constante com sua família suburbana conservadora e religiosa.

Cedo meteu-se na "coisa errada", seguindo no curso de oportunidades tortas e crescendo desde a delinquência menor para a contravenção maior. Se bem que até então nada de crack, mesmo porque, quando ele iniciou sua vida no crime, essa droga seria incompatível com sua posição.

O crack desabou sobre ele no final e no embalo das desilusões domésticas e da morte do pai. Ainda assim o crack acabou sendo a busca daquela "brisa" radical inalcançável, ou virou uma fútil esperança vã na crise instalada e sob o peso das acusações da família.

Foi naquela época que JR perambulou pelas ruas feito um zumbi, e seguiu, como tantos "noias" que ele desprezava antes, a *via crucis* costumeira. Não se envergonhou em me dizer que furtou, pediu nos faróis, chafurdou em lixo.

Eu agora noto que o tom confessional de JR busca ir além dos descaminhos com as pedras. Na verdade, ele traz uma demanda de explicação da minha parte para confrontar uma demanda íntima dele.

Eu intuo do que se trata e arrisco dizer que seu maior fardo é acreditar ter sido ele quem matou o pai de desgosto. Segue-se a confirmação disso quando JR me entrega seu sentimento de culpa ao titubear de tensão, sem me dar a resposta, e ao ficar um pouco em silêncio, encolhido e de cabeça baixa.

Enfim, de todos os cacos restantes do que JR tem como imagem de família, é a morte do pai o que mais lhe pesa. Não é à toa que agora uma lágrima forte e decisiva escorre no seu rosto. Uma lágrima que seria testemunha não apenas de sentimento, mas de algum caráter de sua parte.

Antes de mandar ele se vestir peço a ele que, ainda de cueca — exposto naquela decadência magérrima de quem teve um porte atlético elegante e de quem se mostrou ágil, malandro e sedutor — peço a ele que se olhe demoradamente no espelho e busque algumas reflexões. Ah, quem sabe ele o faça de maneira a "cair a ficha" para ter alguma tomada de consciência e para que alguma mudança efetiva possa ocorrer.

Novamente vestido, JR não parece assumir mais aquela ginga malandra carioca de Vila Isabel. Ele parece trazer outra máscara extensa como marca sobre todo o corpo.

E permanece meio indiferente na sala, de cabeça baixa, e com um olhar fundo e melancólico. O olhar é reflexivo e imerso na dor das revelações daquilo que ele já sabia a respeito de si mesmo, mas não reconhecia plenamente. E se agora reconhece é como se todas as pedras de crack tivessem se espatifado simbolicamente sobre todas as suas ilusões e desilusões.

* * *

Naquele dia encontra-se de plantão um segurança que eu conheço bem. É um homem bastante prático e dotado de personalidade forte. Comentou rapidamente, antes de JR entrar, que esse rapaz seria um "rato de clínica", conforme uma expressão que se usa muito. Ele seria um desses casos que ficam "enxugando gelo", perdidos e perambulando de porta em porta nas comunidades terapêuticas.

Este segurança é um homem maduro e massudo. Já trabalhou na polícia civil. É um pouco pau pra toda obra. De vez em quando faz um trabalho de monitor. Gosta de dar palpites sobre adictos. Por vezes acerta ao fazer incursões leigas com certa psicologia intuitiva e popular que não se aprende nos livros e sim na escola da vida.

Ele é um homem meio rígido e com tendência um pouco moralista. Não é má pessoa. Tem uma certa postura autoritária e paternalista e insiste em dizer que não gosta de malandragem e de bandidagem, ainda que se tratando de adictos.

No entanto, fica admirado ao perceber que JR me conhece e repara bem nas saudações do encontro e quando JR encosta a cabeça demoradamente no meu peito parecendo uma criança.

Eu chamo esse segurança para conversar. Digo a ele, com muita franqueza, que seria melhor ele revisar seus conceitos sobre drogados. Porque praticamente todos esses dependentes são complicados e ambivalentes e há casos e casos, histórias e histórias. Com ou sem malandragem, o ser humano é complexo e difícil de julgar.

Aproveito a chance para contar aquele episódio elegante em que JR — agindo em oportuno momento — imobilizou com maestria o rapaz enfurecido. O segurança massudo e forte aprecia o feito, dá aprovação à atitude do outro e me conta algumas de suas proezas.

Ficamos o segurança e eu bastante tempo de prosa. Durante a conversa relembro outra ocasião em que eu estava falando para um grupo de pessoas na Comunidade.

Foi cerca de um ano atrás.

Era um pequeno encontro e também uma palestra e uma aula informal. O assunto? Um dos meus preferidos: a relação entre os mitos e o comportamento das pessoas, principalmente o comportamento dos adictos.

Na pequena plateia interessada estava aquele rapaz carioca com jeito ágil e malandro, o JR. Era quem mais se ligava e mais prestava atenção. Seus olhos brilhavam inquietos de busca. Principalmente quando eu sintonizei o assunto que interessava: os mitos gregos de Hermes e de Dionísio, que, lá no fundo, são configurações arquetípicas e estão muito presentes nessa população marginal atolada nos becos e nas sombras.

O arquétipo de Hermes predomina entre os jovens delinquentes, entre tipos "lisos" quase sempre irrequietos buscadores de novidade. Que são ambíguos, funcionam como mensageiros, e estão prontos para desafios e tarefas que, muitas vezes, contrariam as normas estabelecidas ou se encontram além do bem e do mal.

Também o arquétipo de Dionísio está bastante presente, e Dionísio faz uma composição, ou uma "dobradinha", com Hermes.

Lembro-me de que, depois da palestra, JR havia me procurado com brilho nos olhos, fez muitas perguntas, ficou todo "ligado".

E JR é um tipo que eu diria Hermes/Dionísio, numa complementaridade entre a mobilidade ágil e malandra de Hermes e o intenso jogo sedutor de Dionísio.

Não é à toa que, sem conhecer mitologia grega, ele identificou-se na dupla Hermes/Dionísio. Eu disse a ele o quanto Hermes é o malandro, é o leva e traz, é o deus dos comerciantes e também o deus dos ladrões. Mas Hermes é também um portador de mensagens com uma espécie de dupla chave que, quando ligada, funciona negativa ou positivamente. Tanto assim que Hermes também é o resgate daquilo que pode ser recuperação, tratamento, ou, até mesmo, cura.

Já Dionísio simboliza a embriaguez, o êxtase e o entusiasmo no sentido mais amplo e simbólico. É o patrono dos atores, mas seria também, e por que não, o patrono dos adictos.

JR, por sua vez, é um adicto que está sempre em trânsito, e em movimento à maneira de Hermes. Tem uma instabilidade amorosa bastante dionisíaca. Tanto assim, que são incontáveis as aventuras com seu séquito particular do que seriam mulheres brasileiras "bacantes" — uma penca de garotas fáceis ou até difíceis passando pela sua cama.

No entanto, JR é carente de um amor verdadeiro, e sempre carregou uma ansiedade a vida toda, além de uma inquietação doentia e de uma angústia quase permanente.

Por fim, ele admite que sempre esteve na busca do reencontro com o feminino na saudade de sua mãe sofrida, e também sempre esteve na busca do afeto masculino e do reconhecimento pelo pai.

* * *

O segurança corpulento fica bastante "ligado" em todo este assunto. Está também bem motivado e inquieto. Percebo que seria sua vez de me dizer algumas verdades sobre sua vida. Ele então me conta peripécias e descaminhos, acentuando o tom de sua voz grossa, pesada, sem qualquer leveza adolescente que lembre o estilo de JR.

Confessa que foi também usuário de muitas drogas, fez muitas loucuras, mas sempre procurou manter-se dentro da lei assumindo e até financiando seu próprio "vício".

Eu então percebo um detalhe muito significativo. Não existe nele nada de Hermes/Dionísio, absolutamente nada. Muito pelo contrário: sendo ele um homem massudo e forte, é um homem impositivo que sempre quis ser um manda-chuva, embora essa tendência tenha sido contrariada na prática quando ele acabou numa posição subalterna, mas que conflita com o fato dele vir de uma família autoritária, com pai militar.

Puxa vida, de repente tenho a clara percepção do quanto ele é um tipo Zeus, e daí tenho uma ideia da hora, como se diz popularmente. Conto ao "segurança Zeus" a famosa história de como Hermes, criança, roubou o rebanho de Apolo.

Aquilo foi a primeira façanha do pequeno Hermes. Foi um precoce golpe de mestre. A ousadia, porém, foi flagrada por Apolo que, sendo um deus e seu irmão mais velho, logo descobriu a tramoia. Para aplacar a fúria de Apolo, Hermes não perdeu o rebolado. Inventou a lira e a deu de presente ao irmão, que ficou seduzido de contente e virou o deus da música dentre outras prerrogativas. E o paizão Zeus contemporizou os conflitos entre os irmãos distanciado no seu papel dominante. Vislumbrou, desde sua olímpica distância controladora e autoritária, a interessante malandragem de Hermes, deu uma gargalhada e o fez mensageiro do Olimpo para que tudo seguisse, afinal de contas, seu curso devido.

Neste momento o segurança corpulento está muito contente. Está impactado com a história e quer aproximar-se de JR. Sem muita sutileza, sugere que JR faça alguns serviços, ou alguns "bicos" ali na Comunidade, que ele poderia orientar, chefiar.

* * *

No entanto, caro leitor, a vida não é uma aventura olímpica. A vida tem arestas que nenhuma mitologia apara.

Eu acabo de omitir para este segurança um segredo: naquele assalto praticado por JR o morto foi outro segurança, e aquele tombou com certeza para indignação de quem clama por justiça.

Apesar dos pesares, creio que JR tenha seus atenuantes. Mesmo que se trate de quem tenha caráter suspeito, seja considerado ou julgado bandido e venda imagens diferentes em tempos diferentes de máscaras que são papéis verdadeiros ou falsos, porém complementares no bem e no mal.

Mas tudo isso é típico de Hermes com um pouco de Dionísio.

Zeus, lá em cima, na chefia, costuma saber o que faz para colocar ordem no mundo.

* * *

*Certos depoimentos trazem conteúdos emocionais e pessoais de maior dimensão. Esta confissão de* JR *seria um deles. Tal como na história da lágrima atrás do gorro ninja, esta história (real, bem real) mostra para mim claramente que quem viveu o mundo do crime e tem sentimentos (ou mesmo caráter) é bem diferente de outros que vivem a lógica fria e calculista da contravenção e não se abrem à humildade da culpa, do arrependimento, ou da mudança de vida.*

*A história de* JR *é mais uma história de uma criatura com marcante personalidade a transitar pelo mundo das sombras desde quando era um garoto perdido, literalmente perdido.*

*Ele é um adicto que eu classifico como do tipo "buscador de novidades", ele é mais um dependente iludido por perspectivas loucas de falsa liberdade, sempre atrás de "brisas" fantásticas e coisa e tal, como tantos outros.*

*Ele até seria um malandro "clássico", apesar do estereótipo banal do malandro tornar minha observação suspeita. E ainda faço questão de dizer que alguns tipos malandros feito* JR *costumam aparecer bastante à minha frente, e podem vir, conforme reza o folclore, até do morro, feito aqueles que são do samba e companhia, e cujos perfis misturam chavões com realidade.*

*O que mais me fascinou para a feitura desta crônica foi a ponte escancarada com a mitologia grega, que é meu guia frequente em atendimentos, análises e avaliações de dependentes. E eu já comentei, aliás, que nesse mundo dito por aí imprecisamente como sendo "marginal", e entre jovens contraventores, predomina o arquétipo de Hermes.*

*Dentre os meninos do crime e da "malandragem" Hermes ganha longe. Aqueles que têm sentimento aflorado e um pouco mais ou um pouco menos de caráter, mesmo os que não sejam "flor que se cheire", transitam entre as polaridades de Hermes. Que é o deus mensageiro e é um deus bom e mau, por vezes o curador e também o malandro liso e até mesmo o rapina e o safado.*

*Existe, porém, aqui, uma "dobradinha" curiosa. Na dualidade volúvel de Hermes entra um pouco de Dionísio e talvez Dionísio ocupe o segundo lugar na tipologia desses meninos.*

*Se Dionísio é o "patrono" dos atores e está na raiz do teatro ocidental, ele seria recebido com entusiasmo caso fosse o patrono dos adictos. Pois muitos adictos contumazes são dionisíacos sem que o saibam, e ainda atuam na inconsciência de atuarem explicitamente.*

*Quando essa droga é o crack o envolvimento toma proporções muito sombrias devido à terrível e ensandecida fissura, sem falar nas atuações rudemente teatrais que podem descambar para atos francamente contraventuais tidos como repugnantes.*

*Mas volto à questão da busca por um diagnóstico. JR talvez tenha sido uma criança portadora do que se pode chamar de transtorno disruptivo de infância.*

*O transtorno disruptivo tem um espectro genérico e engloba os transtornos de conduta, como também o de oposição e as várias modalidades do chamado transtorno de déficit de atenção e hiperatividade. Sinceramente não sei se é o caso de JR. Até poderia ser, mas concluir não é fácil, e ainda pode não haver transtorno algum afora as vicissitudes da vida e mais a adicção.*

*Enfim, dentro de um quadro impreciso talvez seja melhor dizer que JR foi um menino atípico que mal conviveu no meio familiar e acabou destoando no ambiente conservador e provinciano de uma rígida família evangélica de um subúrbio do Rio.*

*No entanto, e mesmo já tendo sido réu confesso, ele conseguiu manter algumas qualidades indiscutíveis, sem falar que ele — anti-herói das sombras — desceu aos infernos de sua "noia" e teve vislumbres de lucidez e até de "iluminação" (eu gosto bastante desta palavra iluminação no sentido budista, oriental). Acho que ouvi essa palavra quando ele me contou sua história com bastante sentimento e apesar de estar "detonado" pelo crack.*

*Eu também não posso esquecer que a história dele foi pontuada por uma lágrima, uma lágrima sincera remetendo à questão do pai. Digo a velha e universal questão do pai. Questão dolorida expressa através dessa lágrima especial tão sinalizadora de uma carência geral dos "manos".*

*Por isso JR talvez ainda estivesse preservado como pessoa e muito lúcido em sua trajetória com relação ao que se entende como o perfil de um "noia". Mas ele é rebelde desde muito jovem, ele é um desses adictos que vão irresponsavelmente atrás de expedientes excitantes para quebrar a rotina, ele é do tipo aventureiro e pau pra toda obra.*

*Coisa, aliás, típica de Hermes. Por isso mesmo, JR é um desses para quem vale a pena um esforço terapêutico de resgate porque ele tem o que dar. Mas com ele há que se agir com bastante cautela e com alguma delicadeza. Há que se agir sem instrumentalização da culpa, sem reforçar castigos ou maldições; pelo contrário, deve-se agir usando-se as ferramentas simbólicas da cultura universal.*

*JR, mesmo sendo semelhante a tantos outros dependentes de crack, conseguiu sintonizar seu instante de "iluminação" com algum autoconhecimento e teve oportunidade de se ver espelhado no que é universal.*

*Por isso eu afirmo que a referência universal à cultura é tão necessária no tratamento quanto é necessário não descuidar do trivial básico da medicina: escuta e foco no humano com corpo e "alma" unidos num todo.*

*Sem falar que, muitas vezes, é preciso relativizar ou relevar o que a vida traz de cruel e injusto em suas cotidianas misérias para se acreditar nas melhoras do ser humano.*

*Mas JR, como todo Hermes misturado a Dionísio, é uma caixa de surpresas. Como muitos dos seus semelhantes algo malandros, todos estão em trânsito pelos quatro cantos do mundo. Seu resgate final da adicção é uma incógnita, é uma incerteza. É outro x da questão.*

*Sobra na passagem deles pelo palco da vida o brilho hermético e o charme dionisíaco naquilo que pode virar literatura e o início de uma crônica.*

# Sísifo no caminho das pedras

MM tem trinta anos. Trabalha com informática e vendas. É conservador, rígido, exigente quanto a seus princípios e com tendência moralista. Fica mais à vontade na área do pensamento do que do sentimento. Tem discurso claro, por vezes algo obsessivo, e girando em torno do trabalho e obrigações familiares.

Vejo agora MM à minha frente. Ele tem uma tristeza vaga no olhar parado. Seu corpo está meio largado. Tenho a impressão de que ele seja só cabeça, e que esta gira solta sem muita firmeza. Do pescoço para baixo o restante parece pender quase sem movimento.

Os braços são finos, flácidos. As pernas são longas e não parecem dar boa sustentação ao corpo. Há nele todo uma ausência de formas robustas, que MM atribui à droga maldita — o crack.

* * *

MM discursa um longo tempo sobre sua condição de dependente químico. Repete falas retóricas a respeito de recuperação. Vem com o mesmo blá-blá-blá de querer ser um "novo homem". Repudia, como outros o fazem, a droga genérica e tece teorias batidas a respeito da droga mais maldita — o crack, novamente, é claro.

Confessa fumar três pedras ao dia, sistematicamente. Mas é responsável pelos seus atos e paga com seu suado trabalho cada uma das pedras. Nunca fica a dever nada na biqueira. Jamais recorre a expedientes escusos do tipo furtar.

* * *

MM desvela sua história.

Na infância foi garoto "de família". Era delicado, talvez bonito. Tinha uns cabelos loiros compridos, chamava a atenção das pessoas.

O pai morreu quando ele estava com cinco anos e a mãe ficou quase ao Deus dará vivendo com uma pensão de um salário mínimo.

A família, que morava em Ermelino Matarazzo, foi morar no Jardim das Oliveiras, que é um subdistrito do Itaim Paulista. E se o Itaim Paulista é terra um pouco sem lei, o Jardim das Oliveiras de martírio tem a alusão do nome e mais uma realidade brutal de miséria de vários naipes.

É lugar notório pela violência, pelo crime, pelos garotos delinquentes, pelo narcotráfico. É onde muitos meninos têm a perspectiva de serem bandidinhos nas ruas para se imporem uns aos outros.

Quem sai do Jardim das Oliveiras e chega no bairro próximo do Itaim Paulista tem um choque de civilização maior do que alguém que, vindo do Itaim Paulista, chegue ao centro de São Paulo.

* * *

Aos treze anos MM descobriu que era apenas o menino bonito cobiçado pelas meninas, e o "boyzinho" odiado e invejado pelos garotos da pesada.

Certo dia um incidente levou MM a brigar com um garoto bandido que o ameaçou com uma arma de brinquedo. Depois o ameaçou com uma arma de verdade. Depois disparou um tiro contra ele que felizmente não pegou.

MM correu apavorado para casa buscando ajuda da mãe. Mais tarde mudou de estratégia. Fez amizade com um menino da turma da pesada que o protegeu. Mas o menino exigiu de MM adesão à turma, pois caso contrário todos o "zoariam" e, além dele virar saco de pancada, correria até o risco de ser morto.

Este é um costume ou uma "lei" do Jardim das Oliveiras. Garoto sem formação nos códigos locais cresce perigosamente em terreno árido onde quem pode mais chora menos. A melhor política juvenil é mostrar que se é macho juntando-se aos da pesada. Inclusive para sair por aí roubando.

Foi precisamente o que aconteceu.

MM achou que se entrasse na turma da pesada teria o respeito. De fato, teve.

Começou a fazer pequenos furtos em supermercados. Depois a roubar carros. E tudo ia dando certo. A grana chegava na mão e era muita para garotos pobres hipnotizados com tais facilidades.

A realidade, porém, provou ser diferente da ilusão inicial. MM apanhou da polícia, apanhou de malandros rivais, sofreu humilhações terríveis e teve três passagens na antiga Febem. Provou, enfim, de vários martírios desde a época do Jardim das Oliveiras quando viu sua carreira de menino de família se desmoronar.

Quando completou dezoito anos MM teve o que ele chamou de um "estalo", aquilo que eu poderia também chamar, e como não, de um pequeno momento de "iluminação".

Mas não foi um momento místico e nem vocacionado religiosamente. Apenas um *insight* oportuno vindo de uma psicologia intuitiva que a vida propicia e da qual muita gente infelizmente não sabe tirar proveito.

MM percebeu onde deveria colocar seus pés. Percebeu que não era sua "praia" andar em gangues atrás de aventuras escusas.

Acordou de um longo pesadelo, e não demorou para que ele e a mãe saíssem do Jardim das Oliveiras e fossem morar num bairro melhor da Zona Leste de São Paulo. Onde MM resolveu encarar o mercado de trabalho e onde se ajeitou no ramo de informática e vendas. Lá também conheceu sua esposa de quem tem um filho hoje com quase dez anos.

* * *

MM havia feito sua iniciação com várias drogas psicoativas no tempo da sua turma da pesada no Jardim das Oliveiras. Bebeu, fumou maconha, cheirou lança e experimentou farinha branca. Mas foi com vinte e cinco anos, tardiamente, e já vivendo como trabalhador na área de informática, que conheceu o crack.

Depois de alguns meses de uso tornou-se dependente, embora a dependência fosse marcada não pela busca crescente e compulsiva, mas sim pela regularidade de duas, e depois sempre três pedras diárias. Fumando em casa, sozinho, e cumprindo um monótono ritual.

MM não viveu fase alguma de "noia". Não perambulou nas ruas. Não torrou pertences na biqueira. Não foi estigmatizado como vagabundo. E embora se sentisse meio largado e com pouca motivação, permaneceu recluso no ambiente doméstico segurando-se na corda bamba do emprego, financiando seu "vício" com o trabalho e temendo ser despedido.

MM sempre foi um rapaz cauteloso. Porém testemunhou alguns horrores do que chama de "vida errada". Certa vez viu um amigo ser assassinado por causa de dívida de droga, e trancou-se durante quatro meses em casa num estado de depressão.

* * *

MM faz questão de rever sua trajetória de vida, até quando virou pai de família e trabalhador, e desde as primeiras fases no Jardim das Oliveiras, na época de sua adesão à gangue.

Ele me faz questão de dizer que, quando moleque, conheceu um "paraíso" da contravenção, para onde foi levado pelo medo de ser agredido, e para onde também foi levado pela sedução de transgredir, de conhecer a adrenalina do crime, o dinheiro fácil e o ganho de confiança da turma.

* * *

MM dá uma longa pausa reflexiva e eu procuro ajudá-lo a chegar a uma possível e primeira conclusão de sua história de vida.

Neste momento eu me torno um pouco ousado com ele, e até mesmo um pouco cínico. Proponho que ele faça uma espécie de inventário de sua vida.

Pois sendo assim, por que não dar início a uma conversa terapêutica evocando o que teria ocorrido ao longo da via "pedagógica" popular desde o tempo do Jardim das Oliveiras?! Seguindo o itinerário da porrada e do *bullying*. Onde alguns "bem sucedidos" entram no sistema e outros são massacrados. Onde raros permanecem neutros.

Este é um caminho de acesso existencial a MM, e se até aí, caro leitor, não há muita novidade debaixo do sol, eu fico me perguntando melhor a respeito da iniciação dele na droga e no crime.

Pois está presente, no caso deste rapaz, uma história de iniciação em atividades suspeitas em alguém que, no fundo, tem um caráter um tanto rígido, não tem queda para a contravenção, mas teve vulnerabilidade suficiente para se deixar seduzir por ela. E na fase tardia do crack, MM tornou-se um adicto do tipo cauteloso, metódico. Que foge ao estereótipo, que é até mesmo um adicto "politicamente correto" e tem sido usuário anônimo, ou mesmo invisível.

Pergunto novamente a MM, como sempre pergunto aos outros, a respeito do prazer do crack. Ele me diz o que muitos dizem. É o mesmo jogo de palavras, de gírias, para expressar sensações impactantes e efêmeras.

Depois de alguma retórica banal para tentar me traduzir as peripécias do que seria o prazer, MM acrescenta uma mistura de tristeza e nostalgia na confissão de um passado que não retorna, mas que lá no fundo persiste na esperança de que retorne.

No entanto, existe aqui um detalhe significativo. MM, ao mesmo tempo em que segue evocando sua trajetória, parece querer dar vida àquele garoto loiro e delicado que vivia tranquilo antes do episódio violentíssimo de *bullying*, ao mesmo tempo em que ele parece querer sepultar o outro garoto MM delinquente.

Cautelosamente, eu digo que esse menino loiro e delicado perdido no Jardim das Oliveiras habita dentro de MM igualmente como habita também no seu íntimo o menino contraventor. Que MM portanto não se iluda vendo-se hoje apenas em seu pífio moralismo "pequeno-empresarial" do tipo Zona Leste distante, com seu discurso social de pai exemplar e de cidadão trabalhador.

MM então admite certas dúvidas a respeito de quem seja ele verdadeiramente ao longo das fases de sua vida. Cai em si pensativo e se questiona e me questiona sobre o sentido daquela rotina insuportável e monótona de fumar três pedras diárias, três pedras que se esgotam, cada uma, em alguns minutos. E ainda mais porque essas pedras são tão iguais, tão impositivas, tão compulsivas. Tão monótonas. Tão repetitivas.

Eu digo a ele que as três pedras diárias de crack estão ali presentes, e desde muito tempo, a lhe cutucar suas ilusões perdidas e renovadas a cada dia. Mas é inútil demonizar as pedras enquanto, ao mesmo tempo, MM se organiza para financiar sua dependência de maneira "correta", julgando-se um trabalhador honesto e tentando se contrapor à imagem do contraventor que havia sido.

Eis que, de repente, perpassa para mim que, lá do fundo de MM, existe uma malandragem dissimulada e uma arrogância sutil. E é quando eu acredito ter um "estalo" para poder compreender melhor o caso MM. Lembro-me do mito grego de Sísifo, que faço questão de transmitir a MM com didática insistência.

Conto a ele uma breve história ancestral.

Sísifo foi muito pretensioso. Arrogante. Desrespeitoso aos deuses. Ousado, esperto e calculista. Planejou um golpe contra o deus dos mortos, contra Hades, que significa o "invisível". Mas Sísifo enganou-se em sua malandragem, e seu castigo terminou no impasse horrendo do ir e vir morro acima e morro abaixo sempre empurrando uma pedra e a mesma pedra.

Enfim, a sós...

Tenho impressão de que MM acabou de levar um susto. Este mito é sua cara e seu jeito.

É como se a malandragem de Sísifo e a de MM quisessem, ambas, tão distantemente e cada uma a seu modo, desnudar o invisível. Como se as monótonas pedras de MM fossem um antiamuleto ou fossem bilhetes de uma loteria maldita desde os tempos mais antigos. Desde os tempos bíblicos. Desde os tempos da Babilônia, desde o início dos tempos da aventura humana no planeta Terra. Bilhetes que ele, ao mesmo tempo, soubesse que venham a ser, no fundo do seu "ser", uma grande farsa. Ou um passaporte expirado para a "terra do nunca".

MM está parado olhando para o infinito. Eu transito junto com ele no domínio virtual de uma ilusão e de uma repetição! Ah, e eu descubro que acabo provocando um pouco este MM. Digo a ele que o seu uso diário de crack é uma loteria maldita e é uma loteria de Sísifo.

Ele me devolve um sorriso vago, sem graça.

Eu acrescento que há ainda um porém: se a vida é um retorno a um ponto de partida e se a vida pode ser um eterno retorno, nem todos os retornos são iguais. Pode haver surpresas. De repente, numa encruzilhada, o caminho, até de um Sísifo, pode ser outro...

* * *

*De início a entrevista correu como se nada de mais acontecesse. Mas é justamente esse o x da questão. Note bem, leitor, esta frase que repito: "como se nada de mais acontecesse".*

*Vejamos:* MM *era um usuário e um dependente de crack e foi usuário de outras drogas. Seguiu uma trajetória de vida na periferia do Itaim Paulista não tão diferente da trajetória de outros meninos que se envolveram temporariamente no crime. Mesmo porque roubar e andar em gangues pode não ser a "praia" de muitos deles durante muito tempo, e pertencer à contravenção requer certa "vocação".*

*No entanto, há um diferencial em* MM *que eu captei depois, e eu assim o fiz porque trouxe a meu favor, mais outra vez, a mitologia grega.*

*A chave que lá encontrei foi o mito de Sísifo, e por isso exponho agora uma questão interessante: tenho identificado, entre os dependentes graves de crack, padrões diferentes ou uma tipologia que permite certa categorização. Isso tem a ver com a questão complexa do prazer e da sua repetitiva busca com relação à espera infinita da "brisa".*

*Explico melhor: entre dependentes químicos em geral há, no mínimo, duas categorias básicas: os "buscadores de novidades" que são inquietos, morbidamente românticos e hiperativos, e os que, de um outro lado, não buscam novidades, são apáticos.*

*Os do segundo grupo buscam, ao contrário, a inação, a rotina e a ausência de movimento.* MM *teria tudo para ser um inquieto "buscador de novidades". Curiosamente, ele não é. Revelou-se um rapaz engessado numa inércia depois de ter passado por aventuras no crime em decorrência de um nefasto episódio de* bullying.

*Quando* MM *entrou na onda do crack, sua fissura não ficou direcionada para fazer "rolês" andando loucão pelas "quebradas", mas foi direcionada pela monótona insistência de se recolher em casa na rotina infernal das pedras.*

*Eis aí uma faceta um tanto obsessiva e seguindo na busca de uma tola racionalidade adicta. Sem falar que* MM *é um adicto atípico e até "invisível" socialmente. Pode-se considerá-lo até mesmo um adicto "politicamente correto" em razão da sua "ética".*

*Foi por isso mesmo que o mito de Sísifo me ajudou providencialmente a compreender* MM. *Ainda mais porque, em contraposição ao caso* MM, *existem outros adictos próximos de um Ícaro (o que voou alto demais), especialmente os jovens "buscadores de novidade".*

*Esses últimos são mais ostensivos, a exemplo de alguns "noias" zumbis circulando por aí. Já os "sísifos", e possivelmente também os "narcisos", carregam todos eles sua pedra ou carregam sua imagem refletida monotonamente. Seu suspeito e efêmero prazer estiola-se no conformismo e na rotina que eles detestam, mas eles estão posicionados frente a ambos — pedra e imagem — e ligados pela compulsão.*

*Este é o* MM *talvez mais verdadeiro que acabei descobrindo por detrás de uma fachada de mesmice e caretice. Este é o* MM *que se revelou paradoxalmente rico no meio da inação.*

*A "brisa" e a busca da "brisa" variam muito para cada usuário, embora a droga química seja a mesma. É justamente por isso que dependência de drogas é assunto complexo, é terreno móvel. É justamente por isso que não hesito em afirmar: o que decide o entendimento de um caso são as especificidades individuais e não as generalidades.*

*Quanto ao diagnóstico de* MM, *eu considero a possibilidade de uma distimia (depressão leve), mas também consigo identificar em* MM *um extremado tipo psicológico pensamento (na acepção junguiana) e uma certa rigidez neurótica.*

*Há nele, é claro, muitos sofrimentos e "traumas" do passado, como o episódio repulsivo de* bullying. *Todavia, antes de se pensar em transtornos definidos ou até em doenças, é melhor considerar que os problemas de* MM, *além de serem ditados pela monotonia das três pedras diárias de crack, decorrem da vida pequena como sendo, por vezes, cruel e opressiva, cuja rotina de economia no mercado dos produtos ilícitos não dá chances para saídas criativas.*

*Pelo contrário, creio que se possa dizer que um insosso princípio microeconômico de realidade alarga porcamente as possibilidades de consumo na vida de um dependente.*

*Se* MM *encontrou uma saída numa insossa repetição consumista, ele o fez na droga pesada, embora já numa fase em que tivesse virado um trabalhador supostamente normal.*

*Pois é, caro leitor, os vários caminhos da adicção são complicados quando imersos no anonimato e quando fogem aos estereótipos empobrecidos midiaticamente. Ainda mais quando imersos na invisibilidade depressiva de um Sísifo de periferia.*

# O conto de Alice

Alice é tímida, simplória, e mal sabe ler e escrever. Seu pai, irmão e tio são alcoolistas, sua irmã foi internada com depressão, e uma filha tentou se matar aos treze anos.

Até vinte e sete anos Alice não fazia uso habitual de qualquer droga. Mas já tinha passado por sérios problemas, feito uma primeira tentativa de suicídio aos treze e uma segunda tentativa aos dezesseis com ingestão de fenobarbital.

Quando criança, Alice conheceu um menino que morava na mesma rua. Os dois tiveram namoricos que foram proibidos por pressões familiares. Devido às mesmas pressões, ela acabou deixando de lado esse namorado e se casando, aos quatorze anos, com um outro, portanto seu primeiro marido, com quem teve quatro filhos.

Esse primeiro marido era mau, violento, mulherengo e infiel. O casamento não deu certo e Alice ficou sozinha com as crianças. Porém retomou o relacionamento com seu primeiro namorado, que se tornou seu segundo marido, quando ela já tinha vinte e sete anos.

O segundo marido e primeiro namorado frequentava uma igreja pentecostal e era dependente de crack. Pouco tempo após o casamento, obrigou Alice a fumar pedra. Quando ela recusou, ele encostou uma faca no seu pescoço e ameaçou furá-la caso ela não fumasse. Ela fumou sua primeira pedra e disse que nada sentiu. Ele ficou furioso e gritou que ela não tinha fumado direito. Obediente, ela fumou outra pedra, depois mais outra, depois mais outra. Então sentiu.

Desde aquele momento Alice fumava crack exclusivamente com esse rapaz, com quem viveu durante alguns anos. A união conjugal, no entanto, não deu certo devido ao comportamento violento dele, e também por não aceitação da família dela.

Alice arrumou um terceiro marido que, sendo também crente e frequentador de uma igreja evangélica, cometeu seu primeiro assalto e foi preso. O casamento se desfez.

Alice continuou fumando crack e lembrava-se sempre daquele que fora seu primeiro namorado, e também lembrava-se bem de sua iniciação no crack com a ponta da faca encostada no pescoço.

Quando eu insisto em saber se Alice deseja afugentar a lembrança da faca no pescoço, ela responde que não consegue e depois responde que não quer.

Alice vive agora com seu quarto marido, que não bebe, não fuma, não usa faca, não assalta e não é crente. Mas Alice não gosta dele. Considera-o "carrasco" e "ignorante", e apenas o atura. Quando fuma sua habitual pedra diária, Alice manda buscar o material na biqueira através de algum oportuno portador, sem que o marido saiba.

Alice tem fumado sozinha e nunca esquece seu primeiro namorado, como se, ao fumar, ela refizesse uma relação íntima com quem foi o "homem de sua vida", num enlace que constelaria talvez a perfeita "brisa" assentada na pedra!

Eu me pergunto se os sucessivos casamentos de Alice poderiam ser considerados atos de traição! Imagino que sim. Principalmente no caso do último casamento, pois esse último marido — o "carrasco", o "ignorante" — mal sabe que sua esposa faz surgir virtualmente um rival que ela conhecera desde menino e lhe instilara uma louca paixão ao lhe fazer ameaças, enquanto ela, passiva e resignada, cedia aos seus avanços.

Sou levado a crer que Alice tenha na verdade apenas um consorte fixo, uma vez que os outros foram amantes temporários. A história infeliz de Alice é uma troca curiosa de amantes em meio à invocação de um único marido eleito — presente ou ausente em corpo — e eleito não apenas para incentivar traições, mas para tornar possível uma descarada fidelidade.

Alice tem um jeito algo esquizoide e depressivo. Se ela é uma mulher simplória, é também uma mulher estranha e fechada. Com certeza herdou uma predisposição genética para vários distúrbios, o que é exemplificado nos parentes alcoolistas e depressivos, sem falar da filha que a imitou em sua primeira tentativa de suicídio também aos treze anos.

É difícil concluir a respeito de qual seja mesmo o transtorno básico de Alice. Mas tudo indica que, se Alice vem cedendo loucamente a pressões que possuem um negativo dom alquímico de transformar violência doméstica em fissura por crack, ela carrega a volúpia por uma brutalidade partindo de algum macho a lhe instilar um vício na rabeira de um erotismo torto e a lhe criar mais do que uma simples "dependência química". Porque não se trata apenas de mais uma doentia paixão, porém de um desejo ensandecido por um pobre diabo que cruzara seus caminhos desde uma infância de namoricos inocentes até uma época em que ele — com bizarro charme e cínico deboche — saía da igreja pentecostal rumo às vielas dos "noias" de crack.

Eu me pergunto se esse rapaz seria uma vil imitação da obscura contraparte de Eros, aquele com quem — segundo o mito e de acordo com um truque habilmente dissimulado pelo Oráculo de Delfos — Psiquê estaria aparentemente destinada a encontrar no alto da montanha?!

Ou talvez a história de Alice não seja nada disso, e um outro mito explique tudo melhor. Mesmo porque, a história de Alice é um pouco diferente da história de Psiquê, em que o monstro é simbólico e é um hábil disfarce dos deuses para esconder uma outra face — a beleza e o esplendor de Eros.

Na mente de Alice o monstro é concreto e estupidamente real. Ao contrário da bem aventurada Psiquê, Alice não viveu o alívio de constatar uma condição ilusória como mera passagem e nem teve de imaginar e temer o monstro para depois desfrutar da beleza de Eros. Eros que, na trajetória infeliz de Alice, é cada vez mais distante, cada vez mais invisível, improvável, ou mesmo impossível.

Alice, que nunca conheceu o verdadeiro amor, conheceu cedo o lado falsamente inocente de um perverso rosto infantil. A partir daí manteve-se fiel ao monstro a despeito de seus sucessivos maridos.

Ela manteve-se loucamente fissurada tanto pelo monstro quanto pela sombra dela própria, e também manteve-se fissurada por um objeto mágico: a pedra de crack chegando a ela incandescente — em oferta sedutora — através dele, numa insistente e terrível conquista mediada pela ponta de uma faca que produziu dor mas também produziu um estranho prazer.

* * *

*Tenho visto mulheres estupidamente adictas em crack e em outras drogas, em que a dependência surge através de um sórdido condicionamento a algum parceiro amoroso ou a alguém próximo por vínculos familiares, e de tal maneira que o uso da substância é um prolongado ritual de preservação de uma relação suspeita.*

*Há casos de "luto" em que a perda de um objeto amoroso é substituída pela substância psicoativa. Como nestes exemplos seguintes: o caso de uma moça que "fumava" seu ex-namorado que a tinha iniciado no crack; o caso de uma mulher cujo marido dependente de crack lhe disse que preferia o crack a ela, e a mulher, para testar uma diferença de paixões, apaixonou-se pelo crack e largou o marido; ou o caso de uma mulher que detestava o álcool, perdeu o pai alcoolista, e depois da morte do pai passou a embriagar-se sozinha todos os dias fechada num quarto sem ter prazer com a cachaça e pensando o tempo todo no pai.*

*O caso infeliz de Alice parece não fugir dessas adições viscosas na rabeira de relacionamentos íntimos doentios. E nesta história de Alice não há dúvida a respeito da existência das chamadas comorbidades psiquiátricas. Alice — eu me lembro bem agora — tinha um traço algo esquizoide e tinha também uma reserva pessoal por conta de sua atitude e postura arredias.*

*Para mim ficou evidente, já no primeiro atendimento, uma síndrome depressiva. A história familiar dela trazia elementos indicando uma vulnerabilidade genética à depressão e também à própria droga-adicção, como os dados da história do pai e da filha de Alice sugerem.*

*Eu então especulei várias possibilidades, tive várias dúvidas e fiquei tentado a pensar até num transtorno de personalidade. Mas não transtorno de personalidade antissocial, é claro, e sim transtorno de personalidade dependente.*

*Por quê? Porque Alice me deu a impressão de ser aquela criatura ausente de si própria, zerada em autoestima, uma pessoa portadora de alguma "síndrome de Eco", necessitada de se vincular de maneira doentia a um rol de criaturas, demonstrando ser uma parasita de almas enquanto presa a uma dependência basal e intransitiva da qual a dependência química é apenas consequência.*

*Trata-se, afinal de contas, de um caso complicado e que pode ser visto de ângulos diversos. Que pode ser visto até conforme diversos critérios científicos.*

*A maneira com que Alice se vinculava à pedra, ou seja, por meio da nefasta intermediação de uma faca cutucada no pescoço e por meio do grude ao rapaz desejado, é um exemplo bizarro de um condicionamento que me lembra a reflexologia pavloviana.*

*Não estou brincando, caro leitor. O consorte de Alice e seu primeiro namorado, aquele rapaz dividido entre a igreja e o crack, fez de Alice uma imitação do cão de Pavlov. No lugar da campainha, a ponta da faca; e no lugar da salivação, o gosto pela pedra, e pedra que significava o rapaz transmutado na forma de objeto.*

*Ou então, vejamos melhor: na associação de estímulos criou-se um prazer em meio à dor. A adicção de Alice seguiu o curso de um ritual masoquista por um mecanismo de reflexo condicionado, embora essa rotulação de "masoquismo" seja apenas um chavão popular, imagino eu.*

*O que ocorre, na verdade, é uma possível estrutura defeituosa e dependente na personalidade de Alice, cuja origem deve vir da infância. Digo estrutura defeituosa que remonta a uma estranha paixão nos tempos de criança e à fixação naquele que se tornaria seu consorte permanente porém consorte ausente, a despeito das "traições" temporárias.*

*Ironicamente, o caso de Alice se revelaria como uma poliandria simbólica em que o sucessivo desfile dos maridos reforça uma fidelidade àquele que é seu objeto compulsivo do desejo.*

*Mas talvez ela nem soubesse que estaria sempre procurando o mesmo consorte, e ademais não se trata de um caso de verdadeiro amor e sim de uma volúpia sugerindo o que poderia ser um erotismo degradado.*

*Puxa vida! Caro leitor, confesso que, naquela altura das minhas especulações, eu já precisava recorrer aos meus conselheiros, e foi aí que entrou em cena a mitologia grega — tão providencial nesses casos porque lá, como na obra de Shakespeare, estão todas as vicissitudes da humanidade.*

*De repente, o mito de Eros e Psiquê veio à tona, porém veio numa inversão de polaridades, numa espécie de antimito de Eros e Psiquê.*

*Percebi que a paixão de Alice era mesmo pelo monstro. Foi ao monstro que uma Alice/Psiquê* fake *se manteve fiel e fissurada.*

*Raramente tenho visto exemplos tão dramáticos mostrando uma descarada situação de dependência para além da chamada dependência química; raramente tenho visto com tanta clareza a ambivalência da dor e do prazer num convívio docemente infernal.*

*Alice acabou sendo uma anti-heroína cuja saga não teria sido a bem-aventurança predita por oráculo amigo, e sim uma maldição predita por oráculo inimigo.*

*Mas quando, no primeiro atendimento, eu vi aquela Alice em sua morbidez e contundente realidade minhas impressões produziram um certo incômodo. E pelo fato de que dela exalava um empobrecido e simplório mistério, não foi fácil assimilar o caso para lhe descobrir ligações míticas e perceber o cinismo das traições simbólicas e a paixão pelo monstro.*

*Mas creio que segui meu caminho de* "dias-gnosis" *pelo duplo caminho da psicopatologia e da mitologia grega, até perceber a possibilidade de um encontro desses caminhos na complexidade de Alice.*

*Eu chego até a dizer que este conto de Alice parece uma tragédia peculiar de enredo recorrente, dentro do qual, na trilha monótona da repetição e da compulsão, Alice mantém frieza, desencanto e automatismo gestual — tudo isso a me sugerir uma condição mais complexa do que uma simples depressão, ou uma simples adicção.*

*Por isso eu creio que o melhor recorte diagnóstico provisório para o caso de Alice venha de uma agonia trágica, ou seja, de uma paixão canhestra e doentia levando ao grude do monstruoso apego. No transcurso dessa agonia a pedra de crack é a pedra no meio do caminho e é a pedra que liga; a pedra de crack é o vínculo reflexológico que pode ser decomposto em fases sequenciais; como em outros casos, de outros adictos, a pedra é também mais um sofrimento da ilusão virando espúrio prazer da busca eterna da "brisa".*

*Alice, enfim, virou paradoxo de si mesma, virou quase uma Eco com carência absoluta de um Narciso vulgar que não é definitivamente "flor que se cheire".*

*Uma Eco esquizoide versus um Narciso degradado sem beleza e a quem — ambos na verdade — os deuses não teriam se apiedado, ou teriam até deixado no esquecimento.*

# Sem choro nem vela

Atendi, pela segunda vez, um homem dependente de crack que não parecia ter este "vício". Ele tinha uma aparência normal. Não era "detonado" como dizem por aí ficarem essas pessoas. Tinha até um jeito conservador, sério, e nele havia a estranheza de um olhar inquieto e uma insistência em abordar assuntos delicados.

Quando o vi pela primeira vez eu o julguei alcoolista devido a esse jeito conservador. A dependência de crack foi novidade. E bem menos novidade foi sua rigidez, sua obsessão e postura excessivamente moralista em querer ser algoz de si mesmo.

Começou a insinuar insistentemente que estava demonizado e concordava com muita gente que apoia a demonização do crack. Queria até exorcizar a si próprio para espantar o que reconhecia como uma maldição.

* * *

Numa próxima consulta ele chegou mais à vontade. Conversamos a respeito do que se entende por aí como "vício" em drogas. Eu lhe disse que o termo "vício" não se emprega mais. Dei a ele algumas explicações científicas sobre o assunto e insisti que, no combate à adicção, a pior coisa é fazer da culpa um tratamento. Mesmo porque, trata-se de uma doença e não de um desvio moral.

Foi quando ele me confessou ser um homem bastante crente. Disse que sua família toda pertence a uma Congregação Evangélica, e ele também, de alguma maneira, faz parte da seita, embora estivesse marginalizado por causa do maldito "vício" no crack.

Naquela altura dos acontecimentos percebi no homem um estranho e hesitante incômodo, quando foi se esboçando nele um constrangimento. De repente, com o semblante carregado, ele anunciou que ia fazer uma pergunta bem especial. Pensei tratar-se de mais uma dúvida cruel a respeito de drogas. Era outra coisa.

Ele revelou que, recentemente, sua mãe morrera e ele, tanto no momento em que recebeu a notícia quanto no velório, como depois, não derramou uma lágrima.

Queria saber se era normal, ou se ele teria algum problema por não ter derramado uma simples lágrima pela morte da mãe.

Eu procurei contornar a situação com cautelosa neutralidade. Afirmei que lágrimas não são um real testemunho, ou evidência, do que se passa na mente humana. Lágrimas são exteriorizações, são visibilidades fisiológicas. Podem ter várias origens, e podem enganar. Não existem, por acaso, as "lágrimas de crocodilo"?

Então me lembrei do personagem Mersault, do romance *O estrangeiro*, do Camus. Mersault é um homem descrente que não chora durante o velório e o enterro da mãe, comete pouco tempo depois um homicídio e é na verdade condenado não pelo homicídio mas pela frieza diante da morte da mãe.

* * *

De repente o comentário a respeito do livro do Camus gerou uma situação curiosa. Ao ter acabado de fazer esse comentário, tomei consciência de que, sem responder à pergunta incômoda do homem, eu havia exposto a ele o enredo de uma obra da qual ele nunca ouvira falar.

Mas ele se tornou insistentemente curioso e interessado no assunto. Anotou o título e o autor da obra.

A princípio eu pensei que este homem crente ficasse apenas chocado com o enredo do romance de Albert Camus, e não entendesse a postura descrente e cínica de Mersault, ainda mais pelo fato deste homem crente querer se proteger contra as sombras demoníacas do crack por meio de um rígido moralismo de seita cristã apocalíptica. Mesmo que ele se considerasse temporariamente marginalizado da seita, ainda buscava ser aceito.

O homem, todavia, não ficou nada chocado com o destino trágico de Mersault. Muito pelo contrário, simpatizou muito com o personagem principal de *O estrangeiro.*

* * *

Numa próxima consulta ele voltou a falar sobre *O estrangeiro.* E não apenas havia comprado como também me mostrou o livro, e disse que o começava a ler com interesse crescente.

Olhei bem para ele, que tinha o livro nas mãos. De uma maneira estranha, ele me pareceu naquele momento uma espécie de ator. Ou então — refleti melhor — não seria exatamente esse o caso, e ele me pareceu não precisamente um ator, mas um homem deslocado de seu mundo e, ao mesmo tempo, um personagem construído pela família e pela igreja.

Porém tudo ali indicava que ele fazia questão de vender uma imagem. Uma imagem de que ele fosse um moralista peculiar ou, quem sabe, fosse até um pastor maldito, um pastor fora dos eixos; ou então, ele parecia se colocar como uma espécie de "cruzado" no combate às drogas. Porque vinha com discursos pomposos e indignados contra a "maldição" das drogas.

* * *

Como bem verifiquei nas consultas seguintes, ao contrário de Mersault, este homem busca se proteger sob um manto religioso de indiscutíveis crenças arraigadas e algo obsessivas, enquanto Mersault, todo cético, busca uma questionável liberdade sob um manto de convicto ateísmo.

Se os dois parecem antagônicos, eles seriam, lá no fundo, parecidos!

Após o velório da mãe, Mersault foi ver uma comédia no cinema com uma nova namorada. Este homem — cínico, indiferente e distante de sua igreja — foi usar crack em algum espaço de repudiado lazer.

Ambos — estrangeiros de si mesmos, divertiram-se — e o fizeram sem choro nem vela.

* * *

O estrangeiro, *de Camus, é, para mim, uma obra prima da literatura universal. Nem tanto pelo seu conteúdo friamente existencialista, sua secura, seu amargor e sua contundência cruel, mas porque seu protagonista Mersault nos mostra que o destino injusto do personagem aponta para um destino de muitas outras pessoas que não são em geral "flor que se cheire", porém são profundamente humanas e humanamente sombrias, e são vítimas de um círculo infernal do qual elas também escolheram participar.*

*Eis a grande mensagem de* O estrangeiro, *e que fez a ponte necessária para esta crônica, quando um indivíduo estranho dependente de crack desejava porcamente conciliar droga pesada com uma vida careta voltada para um culto evangélico.*

*Ele não tinha nada de "noia". Era até preconceituoso contra os "noias" e ainda me despejou sua frieza para com a mãe (frieza que talvez tenha, sabe-se lá, sua razão).*

*Ele mostrou seu vazio existencial e eu, logo depois, fiz uma ponte entre este vazio e o romance de Camus. Notei como ele procurou colocar-se em sintonia com a obra quando eu resumi o enredo de* O Estrangeiro, *e ele insistiu em falar sobre o assunto.*

*Mais tarde, bem a propósito, me veio à mente a frase de Noel Rosa sem choro nem vela. Eis então — pensei — a presença de uma cacetada da vida: pois aquilo que despenca na existência sem dó nem piedade só pode ser "sem choro nem vela".*

*Quanto ao transtorno, eu, de início, dizia não haver evidências além de uma dependência pura e simples de droga pesada. Todavia, surgiram algumas novidades, e eu acabei colhendo dados e evidências desta pessoa que me permitiram aprofundar um caminho diagnóstico.*

*Cogitei a hipótese de um transtorno de personalidade do tipo anancástico. Mas, o que é isso? Que termo estranho é esse? Esse transtorno é a forma sócio-sintônica, ou seja, aceita como "normal", daquilo que, numa manifestação dissintônica, seria considerado transtorno obsessivo compulsivo e seria motivo de queixa do paciente.*

*É precisamente o caso dele: indivíduo extremamente metódico, engessado numa aceitação crônica de rituais que acabam fazendo parte de sua vida e de seu modo de ser. Não seria de estranhar, portanto, que ele seja um tipo tão adicto quanto religioso e atolado no visgo do que considera pecado.*

*Não seria de se estranhar que ele seja um tipo metido numa condição dupla em que, por um lado, existe uma vigilância austera de uma igreja evangélica e, por outro lado, existe a rotina proibida e profana do abuso de droga, e ainda mais nos descaminhos do crack.*

*Além dessa possível condição anancástica, restam as mazelas da criação, resta o território familiar das neuroses, restam os cacos edípicos mal resolvidos.*

*Faço questão de observar que esta crônica, pela sua referência a* O Estrangeiro, *chama atenção para a necessidade dos tais adictos não se enquadrarem demais em diagnósticos pré-moldados.*

*É melhor abrir o leque e olhá-los de um prisma fenomenológico e existencial. E perceba você, leitor, o quanto a literatura cumpre sua função até diagnóstica de alargar ressignificações ao fazer pontes da arte para com a vida: digo vida como ela é ou parece ser, e também porque o "parecer ser" é uma forma de certas pessoas ressignificarem suas atormentadas existências para si mesmas.*

*A universalidade de* O estrangeiro *dá as mãos à particularidade deste caso incômodo e contraditório. Eis aí um dilema nebuloso que pode seguir no embalo de rituais suspeitos, por vezes no embalo de caminhos obsessivos de onde emergem passeios por cracolândias, ou por onde despontam dilemas religiosos e mais uma ânsia de ser de novo integrado numa igreja. Tudo junto, em resumo, é uma procura obsessiva de significados e é sem choro nem vela.*

# Nunca mais

Dezenove anos, mas parece bem menos. Tem aparência de menino novo.

Apresenta-se que nem um robô. Meio duro, como se fosse um soldado oriental obedecendo ordens.

A princípio não me olha nos olhos. Mantém o olhar para a frente sentido infinito.

O tipo físico dele, e como se veste, é o comum: bermuda, camiseta preta um pouco rota, boné preto, sandálias havaianas.

Sua expressão baça e vaga parece não dizer nada. A voz é para dentro, baixa, economizando palavras, como se tivesse preguiça de falar.

Não se mostra agressivo nem é mal educado. Está sumamente indiferente.

À primeira vista seria confundido com quem sofresse de profunda depressão.

Ele responde secamente às minhas perguntas.

Seu discurso, que não está fragmentado, tem uma coerência básica em meio a períodos longos de incômodo silêncio.

Mas não verifico cisão psicótica, embora o quadro do momento seja depressivo e as palavras dele fluam lentas com pobreza de expressão e exiguidade de respostas.

Ele é um dependente gravíssimo de crack. Que está acomodado a viver somente em função do uso e da expectativa da pedra.

Mas agora percebo que ele está querendo dizer alguma coisa mais profunda.

De repente, entrevejo, na postura contemplativa e monótona do rapaz, um flerte antecipado e insistente com algo que já está na ponta de sua língua.

Que está quase expresso no seu movimento labial. Que eu já intuo e o rapaz logo me adianta antes que eu fale ou pergunte qualquer coisa. Simplesmente ele me diz, como se referisse a um outro estado de consciência:

— É a brisa da morte.

Ah, respondo prontamente, e pouco à vontade: então é isso que você quer dizer, a "brisa da morte"?!

Ele apenas ecoa:

— É a brisa da morte.

Aqui, dentro de uma saleta, sinto-me convidado a continuar num "jogo" de provocações e insisto em dizer que considero essa busca pela "brisa da morte" interessante.

Afinal de contas, se todos nós vamos morrer um dia, a todos nós indistintamente interessa especular a respeito do que seria essa "brisa da morte".

No entanto, reflito que haveria aí um porém: não se trataria da morte vulgar e sim da morte com vigor e mistério, ou daquele domínio desconhecido de cujas fronteiras nunca se volta, como diz Hamlet (*ah, from whose bounds no traveler returns...*).

Eis tudo o que me vem à mente e o que rápido acabo de pensar com meus botões enquanto faço uma ponte parodiando Hamlet, enquanto continuo a falar com meus botões.

* * *

A seguir faço uma pausa, e especulo que o caso do rapaz confirma a suspeita de que no curso profundo do prazer negativo com a droga, e na adicção mais severa, há um enamorar-se pela morte, há um flerte por uma "adrenalina" radical no limite máximo dessa radicalidade.

Este rapaz incorpora o sentido terminal do ato de entregar--se com volúpia passiva e enlouquecida a uma substância psicoativa que, na ideação do dependente grave, é passaporte para outro domínio que ele julga ainda poder alcançar.

Como se, ao drogar-se profundamente, ele realizasse aquelas viagens feitas por Hamlet na imaginação e em seu suposto fingimento de insanidade.

* * *

Mas quem eu vejo à minha frente, de novo e insistentemente, é um quase menino.

Quem eu vejo à minha frente é uma criatura muito pobre. Que nunca teve contato com pai ou mãe. Que mora com uma avó — outra criatura simplória que se desespera com a inação do neto, sabendo que ele usa drogas pesadas e fica grande parte do dia num canto, ensimesmado só pensando em usar, ou fazendo o diabo e se articulando para usar.

Ele ainda é um rapaz socialmente marginalizado. Sua educação formal é nula. Sua consciência de cidadania é ridícula. Seu futuro é o futuro de uma ilusão.

Se o denominador comum de sua adicção é a busca de uma profunda embriaguez, esse denominador comum é também um vale-tudo consumista que generaliza o que entra pela boca ou pelo nariz.

Como dizem os psicanalistas, trata-se de uma paixão oral. Eu diria que, nessa paixão voraz e primitiva, tudo o que cai na rede é peixe, sem limite ao que possa ser devorado compulsivamente.

* * *

Faço ao rapaz perguntas triviais. Quero saber do seu dia a dia pois acredito que o dia a dia para a maioria das pessoas deste planeta chamado Terra seja rotineiro ou então medíocre.

Fazendo tais perguntas eu me reporto a trivialidades compatíveis com sua idade jovem, com suas possíveis futilidades consumistas.

Mesmo porque, apesar de ele ter uma cara de "mano", apesar de um jeito típico de periferia ZL de Sampa, ele parece ter ainda a libido de um jovem de dezenove anos.

Mas ele nega qualquer desejo ou atividade sexual. Nega até a punheta que todos os meninos do planeta batem.

Ele insinua secamente o primado da pedra sobre o sexo.

A pedra fala mais alto. As meninas, por mais "gostosas", não o interessam. E eu não consigo indagar sobre uma possível homossexualidade, que talvez não seja o caso porque todo ele é uma negação absoluta da sexualidade. Nem homo nem hétero!

Aos poucos eu o percebo melhor através de seus sucessivos vazios. Ele não é somente uma negação da sexualidade. Ele é uma negação da possibilidade do amor e da vida de relação. Pois admite que nunca gostou de ninguém. Tampouco da avó que o criara e que insiste no seu tratamento.

* * *

De repente baixa na sala mais um silêncio opressivo. Horrendo.

Eu olho para o rapaz como se eu fosse o personagem de Edgar Allan Poe olhando para aquele corvo de seu famoso poema.

Súbito vejo à minha frente uma imagem humana quase imóvel, de olhos mortiços e em movimento sutil ou mínimo.

Sinto-me congelado. Porque essa figura olha para mim. Ela me encara.

Minha sensibilidade aguçada antecipa aquela frase dele. Aquela mesma frase que eu pressinto.

Pois ela virá agora como um recado para que depois nada mais seja conversado neste encontro.

Sim, aquela mesma frase acaba escorrendo dos lábios do rapaz, e mesmo num tom baixo, acaba fazendo um barulho preciso e contundente como o de uma tampa de madeira ao se fechar.

Ele a anuncia mais uma vez, e agora — parece-me — com sutil e mórbido deboche:

Ele já a desenha no vácuo do olhar vazio. Feito um eco.

— É a brisa da morte.

Eu encerro a entrevista e saio da sala como se mal tivesse despertado de um pesadelo e com a sensação de que alguma alma não se levantará — nunca mais.

* * *

*O título inicial teria sido "A brisa da morte", precisamente aquela pancada forte na alma que ouvi lá do fundo dos abismos e das sombras. O* link *com* O Corvo, *de Edgar Allan Poe, veio depois quando da feitura do conto-crônica, e a imagem do corvo sinistro e misterioso me pareceu a melhor síntese literária do que a adicção profunda alcança em termos da radicalidade de uma embriaguez.*

*Digo embriaguez mais do que química e intoxicante, no mínimo simbólica e além do simples efeito de qualquer droga. Porque droga, para o adicto grave, é apenas meio, droga é apenas passaporte para outros domínios imaginados loucamente. Não é um fim.*

*Mas o que resulta da relativa insanidade do caso deste rapaz é um entregar-se à máxima compulsão, um entregar-se àquilo que pode levar à depressão severa, ou talvez a um transtorno de personalidade, à miséria social, e a muito mais do que o consumismo ilícito e banal.*

*Eu me lembro que o rapaz era, a bem dizer, um quase menino. O atendimento dele começou difícil, emperrado, em meio a um silêncio opressivo. Tanto assim que eu achei que esse atendimento, a princípio, morreria na rotina.*

*Verifiquei, todavia, que o atendimento não era nada rotina. Nem ele era típico dentre os usuários pesados de crack, se bem que se aproximasse um pouco do estereótipo do "noia" meio zumbi com seu olhar de hipnotizado.*

*Ele até me pareceu hostil, mas não era de verdade, e sua presença despertou possivelmente algum preconceito meu. Entretanto, de repente eu descobri sua inocência algo insana no fato dele não ser nada agressivo. Ele era na verdade um sonhador romântico doente, um tipo possuído, como outros mundo afora, da ânsia ingênua pela "brisa" infinita.*

*A expressão dele "brisa da morte", se foi macabra, foi síntese existencial. Foi expressão que depois, conforme minha imaginação, me levou a uma lembrança de um horror gótico degradado e ao título "Nunca Mais".*

*De resto, não confirmo aqui os diagnósticos desse indivíduo com precisão. Acredito que seja o caso de se falar cautelosamente em síndrome depressiva, pois o rapaz não tinha mais energia, não tinha mais libido.*

*Dele se poderia falar que encarnava um instinto de morte, algo "tanático". No entanto, um simples rótulo de depressão não diz muito porque o rapaz, na sua radicalidade mórbida, era coerente quando investido de uma energia das sombras.*

*Na verdade, ele se colocava além da depressão como transtorno ou doença, além da depressão tal como é descrita pela psiquiatria.*

*Havia nele um estado de rebaixamento radical do humor, quase uma abulia (ausência de vontade), ou uma anedonia (ausência de prazer), mas junto a uma sofisticação mórbida e até melancólica ao extremo, revelada naquele enamorar-se da morte levado a sério como fantasia de um futuro ausente fincado na presenticidade da compulsão pela pedra.*

*Eis uma situação que exige mais do que apenas diagnósticos com* CID *tal ou* DSM *tal. Pois se o caso deste rapaz ficasse apenas limitado a uma tentativa de diagnosticar e medicar eu teria perdido a chance de ter alguma empatia, eu teria dispensado a "viagem" breve em uma morbidez radical alheia.*

*Portanto, melhor "viajar" junto a ele, melhor esticar um difícil e tormentoso diálogo e ainda especular, como faz Hamlet, sobre os limites da vida e depois recorrer à literatura, do que recorrer apenas à medicina ou à psiquiatria!*

# Ivan, o terrível

Ivan é um homem feito. Paulista, ele tem sotaque baiano que vem de sua família de Bom Jesus da Lapa. Há tempos vive ao léu, sem emprego, mal encostado nos familiares que o olham atravessado por causa dos "vícios".

Chegou a mim sujo e cheio de sarna, olhar parvo entre estuporado e apavorado. Mas eu acredito que ele também possa ser razoavelmente normal, se bem relate, de vez em quando, rompantes que me parecem psicóticos.

Ivan não é apenas alcoolista. Quanto à cachaça antes diária, ele jura não beber há seis meses. Sua rotina é feita de *cannabis*, farinha branca e pedra de crack.

* * *

Ivan mora sozinho no Pantanal entre São Miguel e o Itaim, próximo da casa dos pais. É separado e tem seis filhos, o mais velho com dezoito anos.

Os filhos banzam desencaminhados por várias "quebradas", e meio que moram com a mãe não mais casada porém ajuntada. O padrasto dos meninos tem apenas dezesseis anos, vejam só!

Ivan solta uma risada sem graça por causa da precocidade do padrasto garoto e eu pergunto se o padrasto garoto se dá bem com os enteados meninos mais velhos que ele. Ivan diz que sim, porque o padrasto e os enteados usam droga juntos.

* * *

Ivan de vez em quando recebe visita dos filhos adolescentes, que o procuram para usar droga. Eles desejam fazer da *cannabis*, da farinha branca e da pedra um estranho elixir de união para manter uma frágil paternidade. Mas Ivan, tomado por lampejos moralistas de consciência, hesita em compartilhar seus vícios com a filharada e os espanta explosivamente de casa.

Eles vão aos cruzamentos e faróis fazer piruetas para ganhar tostões, principalmente o de dezesseis anos e o de quatorze. O de dezoito foi expulso de um emprego, tenta arrumar uns "bicos" e não sabe o que quer na vida.

* * *

Ivan é um homem que também não sabe o que quer na vida. Ele é uma criatura de quem não se pode dizer que tenha perspectivas, afora o desejo de sonhar eternamente nos embalos suaves da *cannabis* ou nos mais loucos embalos da pedra.

O mesclado e a pedra pura lhe propiciam "viagens" que ele não sabe se podem ser boas ou más quando tem alucinações e delírios persecutórios à luz do dia e vê pessoas estranhas.

Ele vê cavaleiros surgindo das trevas, em bandos, montados em garbosos cavalos negros, com faces encapuzadas e empunhando espadas cintilantes. Os cavaleiros sempre marcham em direção à casa dos pais de Ivan, lá no Pantanal, e irão incendiar a casa a mando de uma Potência maligna.

Ivan confessa que passou o dia todo acossado pelo medo de um incêndio. Viu os cavaleiros cruzando desembestados à sua frente. Então resolveu ir até a casa dos pais para conferir se a casa ainda estava lá. Avistou tudo do mesmo jeito e teve um momento de alívio.

Ivan também confessa que necessita dos cavaleiros negros. E eu imagino que ele, por meio desse tipo de alucinação, afunde-se num sonho louco de usar drogas para terrivelmente conquistar suas "férias químicas", como escreveu Huxley.

Pois ele certamente deve mergulhar em um íntimo mundo obscuro e agonizante misturado a delícias esporádicas e a frequentes terrores gratuitos produzidos por todas ou por qualquer uma das drogas que ele pega na biqueira sem desembolsar nada.

Porque Ivan, apesar da miséria, é dono de seu barraco, a biqueira fica nos fundos e o dono da biqueira é seu inquilino. Ivan recebe aluguel em maconha, cocaína e crack.

Quanto ao arroz e feijão do dia, Ivan mendiga na casa dos pais, e sempre volta para casa para fumar um baseado, dar um tirinho de farinha branca ou fumar uma pedra.

De resto, Ivan se deixa abandonar feito um mendigo cheio de perebas, fedendo, com o olhar parvo e infantilizado ou, por vezes, com o olhar francamente psicótico, os olhos estranhamente vivos na busca do sonho, na busca do pesadelo, ou na busca de ambos.

* * *

Quando Ivan se distancia do Pantanal, a horda de cavaleiros negros encapuzados emerge de um fundo escuro. Aquilo é seu horror e é seu contentamento. Aquilo é também seu cinema particular gratuito. E a cada vez que os cavaleiros negros surgem paramentados com espadas cintilantes, Ivan teme por um incêndio que, no entanto, ainda não se deu.

Mas Ivan, periodicamente aterrorizado, sempre retorna à casa dos pais e confere a realidade do mundo. Porque ele acha que de repente tudo pode ser real além de ser prefiguração de uma catástrofe.

Ivan, no entanto, sabe, por outro lado, que tem os pés no chão e é habitante de uma favela chamada Pantanal.

Ivan sabe também que no outro dia parece que tudo vai pegar fogo outra vez, que tudo vai acabar, que o mundo vai acabar. Mas, outra vez mais, não acaba.

***

Eu percebo chegar para ele o momento crítico. Ivan súbito se inquieta. De repente fala alto e responde como se acabasse de receber uma mensagem:

– Preciso ir a São Miguel.

Sai apressado, quase correndo, a face apavorada, os olhos esbugalhados de quem está vendo longe e vendo demais.

Um pobre diabo.

Mas como é terrível. Este Ivan.

***

*Quando comecei a escrever este texto tive a impressão de que tudo seria uma imensa banalidade no meio de uma extrema miséria. Tudo estaria literalmente imerso no lodo de um pantanal nos cafundós da metrópole paulistana.*

*No entanto, não era verdade, e uma outra verdade eu captei quando cutuquei fundo no depoimento deste Ivan e cheguei, talvez, próximo do núcleo da coisa.*

*Esta é uma história que se repete para quem lida com drogados na periferia. Basta observar aí um mundo real degradado que é também algo insano. E se este Ivan, no meio desse mundo, é por acaso um tipo diferenciado, ele é legião, ele vem do baú anônimo de tipos populares e encarna mais uma vez o "buscador de novidades" num estado ensandecido, desligado total das obrigações de uma vida de trabalhador, e à maneira de um anarquista inútil e inconsciente.*

*Em outras palavras: Ivan é malandro bizarro, é malandro despirocado mal vivendo a busca estranha de um prazer também um tanto estranho.*

*Eu o acabei enxergando como um sujeito obsessivo protagonizando uma vida torta, sobrevivendo no limiar da miséria, fazendo das tripas coração e dando nó em pingo d'água.*

*Conforme outra avaliação, trata-se de um dependente de múltiplas drogas a manifestar uma síndrome psicótica possivelmente induzida pelo abuso de drogas.*

*Parece haver nele também um transtorno obsessivo compulsivo relacionado ao transtorno psicótico episódico. Isso eu notei quando Ivan me confidenciou que se via compelido a fazer verificações, a ir sucessivamente até São Miguel checar se a casa dos pais tinha sido incendiada, de maneira a aliviar uma tensão psíquica. Isso me lembra o personagem X (de O X da questão) a verificar a cada noite se a mãe estava viva.*

*Ambos os casos remetem a pensamentos infernais guardados nos porões da mente a sete chaves. Então Ivan seria outro X sem solução à vista, seria outro X nadando um pouco e se afogando um pouco no mar das imagens universais de seu inconsciente.*

*No entanto, Ivan é também um tipo anônimo, é um daqueles que perpassam invisíveis feito incógnitas nos postos de atendimento, e de maneira a engrossar as fileiras de um* Lumpenproletariat *na sua banda radical e esdrúxula.*

*Eu acredito, porém, que ele seja um caso bem rico e delicado. Tanto assim que, no transcurso do atendimento, foi preciso que eu deixasse Ivan à vontade para que dele viesse a confissão daquelas imagens repetitivas dos cavaleiros negros encapuzados empunhando espadas cintilantes como se fosse o caso de uma batalha medieval.*

*Lembrando, por sinal, cena de filme* B *de aventuras que mistura ficção com saga heroica de segunda classe. É o mesmo esquema que aparece em a história sem fim, cujo protagonista "viaja" toda noite no curso de uma elaboração psicótica.*

*Mas a história sem fim tem mais completude e sentido do que os rompantes alucinatórios de Ivan. No entanto, eu tive a impressão de que Ivan buscava manipular seus conteúdos íntimos e se apropriar de imagens que lhe brotavam como alucinações de início espontâneas, mas que depois eram exercitadas para no-*

*vamente aparecerem durante a "brisa" impulsionada com o mesclado e também com a Cannabis e a pedra pura.*

*Ivan, sendo tão despojadamente cínico e tão "cara de pau", parecia regozijar-se com as imagens móveis que também eram seu contentamento, que também eram seu "cinema". Eis aí um diferencial deste caso para com outros casos semelhantes de transtorno psicótico por abuso de substância.*

*Ivan se colocava como se fosse um contador de histórias ou de façanhas pessoais a vangloriar-se de estar "lutando" contra fantasmas. Além disso tinha rompantes de endireitar capengamente sua família para lá de torta por meio de um moralismo ridículo, ao mesmo tempo enveredando por um descolamento anárquico do mundo real para viver num mundo do deus-dará ou não dará.*

*Ivan era todo ambivalente, e até com certo humor negro.*

*De repente ele assumia um jeito de cidadão, dava pífias lições de moral nos filhos que viviam com um padrasto de dezesseis anos, vejam só, numa demonstração de que a família de Ivan era uma piada de humor negro, ou era um núcleo de sociopatia, ou era um festival da droga.*

*Caro leitor, eu tenho visto com frequência tipos populares atolados na dobradinha da "noia" e da miséria, e admito que eles — à maneira da família de Ivan — chegam a criar alternativas vivenciais de discutível e complexa validade, e ainda mais num lugar como o Pantanal (que não é o de Mato Grosso).*

*Por isso me veio uma imagem, ou uma vaga ideia, de que Ivan teria um pouco de suas "férias químicas", conforme a lembrança de um texto de Aldous Huxley sobre o uso hedonista de substâncias psicoativas.*

*E não me parece que Ivan seja um psicótico ou um esquizofrênico de base. Do contrário, é mais sensato supor que ele integre uma grande legião dos que se afundam na marginalidade da marginalidade.*

*Ele lembra vários pacientes muito perturbados, cujo psiquismo desvairado parece vir mais do fato de que são cobrados não bem por uma instância superegoica, mas por rituais malignos que lhe foram introjetados.*

*Alguns deles conseguem ser cinicamente poéticos numa mistura de loucura com um jeito de* enfant terrible, *numa mistura de gozação com traços de perversidade.*

*Ivan é um representante dessa "fina flor" pantanosa problemática e marginal dos que, lá no fundo, até desejam, desde o lodo, olhar serenamente para o céu como na metáfora oriental e budista da flor de lótus. Infelizmente, porém, eles não costumam atingir a serenidade, e essa mesma serenidade longe está de ser real e de ser nirvânica.*

*Eles chafurdam apenas no lodo e olham para o céu, apropriando-se mal e porcamente da própria loucura pelo uso contínuo de substâncias tidas como drogas do prazer. Por isso, como dizem os manos, "o bagulho é loko".*

*Para mim resta dar ao pobre Ivan o epíteto de "terrível", numa lembrança do distante czar da Rússia, também meio louco porém cruel. É um personagem a servir de referência muito distante para este Ivan, que me parece um manso perturbado, mas que dificilmente herdará o Reino do Céu.*

# A história sem fim

## RELATOS DE «VIAGEM»

Entro numa academia onde as argolas são movidas pela força do pensamento. Participo de um campeonato. Sou raptado e levado para um cativeiro onde tem uma organização, a máfia japonesa, a Yakusa. Do outro lado tem a máfia mexicana que age de maneira parecida com a Yakusa.

Sou destinado a me casar com certa mulher. É uma loira muito bonita. A mulher está sendo enganada pelos que são da "faculdade de rituais", que é a própria Yakusa.

Deus me ajuda e, quando fico preso nas garras da Yakusa, Deus me deixa preso nas esfinges. As esfinges são um grupo de estátuas. Uma delas é a Medusa. Mas a Medusa é do bem, e é minha aliada.

Tem um tal de Salomão que não é o da bíblia mas um gênio a meu favor. Faço um "intermédio" com Salomão. Por vezes tenho de salvar Salomão das garras do mal porque, do contrário, a história pode ser interrompida.

Eu também tenho que salvar a Medusa de mágicas feitas com o objetivo de vencer a Medusa. Para isso eu passo onde ela mora com o cavalo alado, o Pégaso.

Aparece um tal de Leozinho, um rapaz que faz parte da "faculdade dos rituais". Leozinho é da turma do mal. Imita a minha voz com o objetivo de me enganar.

Fico sabendo que na máfia mexicana tem uma mulher médica que come carne de cachorro e carne de pessoas.

Quem sou eu, afinal de contas? Eu sou a razão e o princípio de tudo. Mas tenho que pensar em todos os obstáculos para salvar a mulher. Não consigo porque me prendem muito, e porque os do mal me surpreendem a cada momento.

Mesmo tendo aliados, os aliados que acreditam em mim deixam de acreditar porque param de lutar para o bem e vão lutar para o mal.

Muitas vezes eu acabo quase morto, feito em pedaços. Mas eu me reconstituo, e só não morro mesmo porque sou salvo pelas esfinges e pela Medusa.

Deus intervém em tudo e faz parar a Máfia de vez em quando. Deus para todos os que são do mal e também os que são do bem. Então, de repente, todos ficam prestando atenção em Deus.

Duas vezes eu tenho a chance de salvar a mulher loira num lugar onde tem um monte de espadas e gente do mal que tenta pegar as espadas. O monte de espadas foi arrumado por Salomão, que fez as espadas para os monges seus discípulos.

Em algumas noites eu tenho o descanso do guerreiro e ajudo a preparar as espadas para Salomão. A gente do mal não consegue fazer com que as espadas virem espadas de verdade. Somente eu, Salomão e Deus.

Peço um cavalo emprestado ao Príncipe da Morte, que está do lado do bem. O Príncipe da Morte pede que eu salve uma mulher da influência maléfica vinda de um palácio próximo. Não consigo porque o palácio próximo está tomado.

Sou o mais perseguido porque ajudei muita gente. Em cada lugar tem o mal e tem o bem. Os do mal sempre se juntam pra me prender, me raptam e me levam para um cativeiro.

Nesta jornada também tem sexo. O pessoal da Yakusa me traz umas mulheres. Eles fazem de tudo para me deixarem impuro para que eu traia as forças do bem. Mesmo não querendo, sou tentado com sexo. Por vezes sou torturado com sexo. Mas estou destinado a me casar com a mulher loira.

Ela sempre espera por mim.

## A ENTREVISTA COM ELE

A "viagem sem fim" continuava, capítulo por capítulo, depois que ele ia dormir. Mas a viagem era interrompida quando ele acordava, e retomava no outro dia de noite.

Os medos e pressentimentos só melhoravam quando ele dormia ou quando surgia uma nova história dentro da história sem fim.

Agora, porém, não há mais sonhos. Sobra apenas um vazio.

Eu pergunto o que ele acha de toda a história sem fim, e se ele acha que aconteceu. Ele até acha que aconteceu, mas pensa também que foi sonho. Daí fica na dúvida porque tudo parecia muito real.

Ele não sabe dizer se a história pode continuar. Ainda acredita que o objetivo final da história era ele casar-se com a mulher loira, quando então a "história sem fim" deveria ter um fim.

Ou ele acredita que a história possa existir em outro tempo. Ou acredita que a história possa existir em outro lugar.

Na verdade, ele tem vontade de entrar de novo na história porque ela traz a paz e um certo prazer.

No entanto, ele se lembra agora de um outro final.

Certo dia ele foi se aproximando da mãe logo depois que tinha acordado.

Ele ainda estava meio confuso.

De repente ele sentiu que a mãe era um obstáculo em sua jornada rumo ao seu casamento com a mulher loira.

Tudo aconteceu numa época em que ele tinha unhas longas e cabelos longos. Era um rapaz assustador, grande e forte.

Ele segurou o pescoço da mãe.

Sua irmã, policial militar, chegava naquele momento em casa de manhã.

Sua irmã pensou que ele estivesse querendo matar a mãe por causa das drogas.

Sua irmã lhe deu um tiro que acertou seu pescoço.

O tiro interrompeu o sonho porque depois do tiro os capítulos da "história sem fim" foram encerrados.

Ele ficou internado muito tempo. Quase morreu.

Aquelas imagens do sonho nunca mais voltaram, e hoje ele não vê como retomar a história a não ser, talvez, sonhando o sonho.

Mas ele ainda se sente um herói na lembrança do sonho, e eu pergunto se a lembrança do sonho o assusta. Ele responde que não. O que o assusta é a realidade.

Ele confessa que gostaria de retomar a "viagem sem fim", que adoraria entrar de novo na história, capítulo por capítulo, viajando a cada noite depois de cada crise diurna de agonia, crise que era aliviada como se cada capítulo fosse um longo e prolongado mesclado.

* * *

*É um discurso nitidamente psicótico. Mas há uma organização sutil neste discurso que lembra uma saga heroica bizarra, tal como a vemos em muitos filmes infantojuvenis.*

*Existem aqui elementos que fariam o gosto de roteiristas. O que destoa são cacos psicóticos produzidos por um viés torto de associação de pensamentos. Na verdade, não se trata de uma história sem fim mas de uma história com fim sucessivamente anunciado, porém protelado por inúmeros percalços estranhos.*

*O enredo é simples. Os personagens são do imaginário popular tradicional. Há um conflito, há um desejante e um desejado, há um objeto alvo preferido, há um protagonista e vários antagonistas se metamorfoseando uns nos outros. Há uma luta no palco da vida pequena envolvendo elementos que oscilam como se viessem do acaso ou pela intromissão espúria de forças estranhas, com invocações divinas e mágicas.*

*Eu diria que existe aí quase um caleidoscópio psicótico produzido por um rapaz muito problemático. Então — eu me pergunto — como é esse rapaz? É um tipo alto e forte, de semblante pesado, adicto em múltiplas drogas, principalmente em mesclado, e que me contou uma novela íntima e particular.*

*Existe nessa novela estranha uma lógica na forma de um enredo que tem, apesar da distorção psicótica, semelhanças a modelos arquetípicos do mito do herói.*

*O material original era mais prolixo ainda, e tive que resumir um pouco o discurso do rapaz. Preservei, no entanto, a maneira como as frases dele se fundiam, descarrilhavam e tangenciavam mesclando-se numa fuzarca por vezes bíblica, ou por vezes mitológica de transformações mágicas, e sendo tudo costurado num quadro algo onírico.*

*Sem falar que o protagonista desse bizarro discurso tem alianças suspeitas e sofre sua "paixão", cumpre sua saga, e é alvo de um sofrimento imposto por algum Destino que o leva a uma redenção profana, mas com um anunciado prêmio final.*

*Essa psicose, possivelmente induzida por substância psicoativa, tende a reproduzir uma busca incessante e repetitiva de prazer. Mas o que é interessante e dramático é o caminho estabelecido para chegar nesse prazer.*

*Porque me parece que na angústia de protelar indefinidamente a recompensa final estaria o prazer sempre anunciado, o pote de ouro no final do arco íris, a "brisa" ilusória embutida na ação de um mesclado diário consumido antes de dormir e transposto para agir toxicamente no universo onírico.*

*Mas todo esse discurso parcialmente fragmentado se faz literatura, quer pela irreverência insana e sofisticada do rapaz, quer pelo choque brutal de realidade na forma estúpida de um tiro varando o seu pescoço depois de uma cena doméstica assustadora rompendo a manhã.*

*De uma certa maneira, é como se o rapaz assistisse a uma novela. Ele sempre esperaria ingenuamente um próximo capítulo. O final trágico foi uma amarga ironia do Destino.*

*Lembro-me de que não se tratava de um rapaz violento. Ele apenas assustava pelo tamanho. A reação da irmã policial militar deu-se no susto, e a tragédia total só não se consumou pela intervenção dos deuses.*

*Ah, eu não me esqueço que, numa das entrevistas comigo, já estando bem orientado, o rapaz mostrou uma atitude ambígua colocada a meio caminho de uma possessão e de uma experiência escolhida. Eu fiquei sem saber até que ponto teria havido da parte dele uma apropriação* a posteriori *das imagens oníricas e/ou também psicóticas na viagem "química" da droga.*

*Era como se o território do sonho fosse uma passagem a meio caminho entre lúcida e louca para o inconsciente. Tanto assim que o rapaz foi irônico consigo mesmo ao ficar em dúvida sobre a realidade da saga heroica como se ele fosse um crítico de sua curiosa novela particular.*

*E falando em novela particular, faço agora uma comparação breve com a crônica Ivan, o terrível, cujo personagem tem seu "cinema" íntimo. Mas na história sem fim, se há também um "cinema" íntimo há um cinismo pueril ao extremo, há um cinismo infantil e regredido permitindo que depois o horror de repente emerja do choque concreto via uma bala de revolver.*

*Mostrando que, muitas vezes, a violência do mundo das drogas não é diretamente manifestação da violência do drogado, mas é o que resulta de uma cascata de fatores convergindo para uma ação francamente destrutiva.*

*Nesta história poderia até se dizer que a violência mais estúpida é o custo amargo de misturar cacos edípicos mal resolvidos com objetos do desejo suspeitos e ainda por cima transitar loucamente entre "máfias" contemporâneas numa salada mista de breguice mitológica, sob as bênçãos e a cumplicidade de Deus – o que evidencia a meu ver algum delírio místico de poder, ou seja, o que evidencia um verdadeiro coquetel-molotov psíquico quando esse tipo de delírio vem atrelado a núcleos libidinosos.*

*Quando o rapaz agarrou o pescoço da mãe, ele estaria ainda num estado crepuscular. E por falar em "estado crepuscular", me lembro agora de uma entrevista que vi com Oliver Sacks na qual ele argumenta que todo mundo pode ter, de vez em quando alucinações, se considerarmos aquele intervalo crepuscular no final do sonho e antes do acordar de fato, quando temos a sensação de "ver" ao vivo certas imagens dos sonhos.*

*No entanto, não se pode, no caso deste rapaz, se aventurar a dizer muita coisa sobre o que existe debaixo do* iceberg *da psicose tóxica de um indivíduo inserido no seu mundo de miséria e drogas.*

*É claro que não se trata de coisa boa. Mas, de qualquer maneira, eu até compreendo que o ato do rapaz agarrar o pescoço da mãe tenha sido horripilante aos olhos da irmã, que já tinha uma imagem formada do irmão como um "noia" perigoso.*

*Então para mim esta crônica ilustra bem como os dependentes químicos costumam ser facilmente demonizados, e como uma droga como o crack ou o mesclado pode ser eleita como bode expiatório para outros problemas que incluem situação familiar, miséria social e econômica etc.*

*Posso tranquilamente afirmar que, se essa tragédia familiar tivesse tido repercussão midiática, ela reforçaria o chavão preconceituoso de que o uso de drogas ilícitas, mormente o crack, produz nos usuários "instintos homicidas".*

*Mas — pergunto — o que se vê na realidade? O que se vê na realidade não é a manifestação de um "instinto homicida". É uma pífia saga de mais um zé-ninguém vítima de sua busca fantasiosa por um efêmero e traiçoeiro prazer.*

*E se a conjunção infeliz dos fatos interrompeu a história sem fim com um fim nada terapêutico, ou então um fim estupidamente terapêutico, essa interrupção foi apenas um brutal antídoto para aplacar uma possessão.*

*Como se o último capítulo da história sem fim estivesse predito pelas conjunções mágicas das "faculdades dos rituais" explodindo numa manhã desmancha-prazeres.*

*De resto, eu ainda creio que, para este rapaz, toda sua aventura parecia coisa de criança. Com uma cínica diferença daquilo que, em outras circunstâncias, seria infantil: havia droga pesada que a criança pode não alcançar (pelo menos ainda não pode), e sim o adulto pode fazê-lo ao se deixar levar pela sua criança interna.*

*Em resumo, tudo isso é novamente uma ciranda cinematográfica íntima das ilusões perdidas produzindo um circo de horrores. Horrores periféricos. Horrores paulistanos e universais.*

# O x da questão

X é um jovem dependente de crack e sua história é só mais uma de pó e pedra.

X é uma relativa incógnita e também um lugar comum da miséria de outros Xs da questão.

X foi trabalhador informal e camelô sem destino, certo dia expulso da pífia benesse de vender bugigangas no centro da cidade.

X é rapaz conformado e melancólico, meio balofo por se entupir de guloseimas baratas, filho único que vive com a mãe, e não conhece o pai.

X é paciente que não devolve o ânimo que lhe é dado numa conversa. Seu discurso é lamento de uma vida da qual não brota o espírito da coisa, mas brota a coisa sem espírito.

X expõe sua rotina atual de fazer bicos ao tomar conta de carros e confessa que todo o dinheiro ganho vira pedra.

X procura ser ético ao obter a pedra e carece da disposição calhorda para o furto oportunista. Seu abuso sofre limitação por restrição orçamentária.

X revela que vem sendo tomado por um pensamento estranho lhe insinuando: "se você não fumar pedra sua mãe vai morrer".

X, sem achar que esse pensamento seja loucura e sim um comando ou alguma coisa dotada de um irresistível poder de magia, luta contra isso, mas acaba vencido.

X, algum tempo depois de começar a fumar pedra, sente-se na obrigação de espreitar, cada noite, a mãe dormindo para verificar se ela ainda respira.

X certo dia sentiu que precisava cumprir mais um ritual. Despiu-se até a nudez adâmica, abriu a porta de casa e marchou feito um soldado primitivo pelas ruas do bairro.

X mal percebeu transeuntes atônitos que, a princípio, nada fizeram até que alguém chamou a polícia.

X revelou aos policiais que sua nudez era um gesto santo, e ainda confessou, piedoso, que fizera aquilo para que sua mãezinha querida não morresse.

X percebeu que os policiais acataram sua confissão como pagamento de estranha promessa, ficaram penalizados e agiram com surpreendente educação.

X sentiu-se à vontade quando um policial riu discretamente, um outro deu de ombros conformado, um terceiro sacudiu a cabeça, e todos abriram suavemente a porta da viatura e forraram o banco com cuidado.

X, sendo um rapaz lúcido, sabia que se tivesse contado outra versão poderia ter levado umas porradas e ser jogado num terreno baldio.

X seguiu mansamente na viatura até um hospital público, e os policiais providenciaram para ele um paninho íntimo do tamanho de uma folha de parreira.

X, feito um bom ator, sentiu-se um reizinho sentado num troninho, orgulhoso ao ser escoltado não como marginal e sim como santo carregado num andor.

X sentiu-se triunfante ao pensar que os policiais teriam imaginado seu gesto como o de São Francisco, que também se despiu até a nudez adâmica e impressionou o mundo.

X foi bem tratado no hospital público e voltou para casa medicado e vestidinho da silva.

X não mais andou nu pelas ruas, porém voltou a fumar pedra e era depois compelido a verificar a cada noite se a sua mãe ainda respirava.

X não resiste ao vício da pedra, vai todo dia à biqueira, é tomado pelo pensamento mágico, luta contra ele, mas o pensamento sempre o domina.

X, ao seguir caminho para casa, quando avista um cão, enxerga a nudez natural do cão e pensa que o animal é destituído de qualquer sentimento de culpa.

X sente-se muito solitário e lembra-se que a noite é longa e funda e que as ruas parecem desertas.

X compenetra-se da solidão e prossegue caminho consciente de possuir vestes lhe cobrindo a nudez adâmica.

X pensa numa vaga santidade e ao mesmo tempo luta contra uma vaga culpa.

X não é capaz de demonstrar, por A mais B, que é apenas uma anônima incógnita nesta vida de mundo cão.

X não está seguro se, quando fuma pedra, solta o ar respirado como se ele, feito um X qualquer da questão, quisesse expulsar tão somente um resíduo maligno de seus pulmões.

X carrega um temor de estar sendo possuído de uma nebulosa vontade de apagar para sempre a chama mortiça de uma vela ou de apagar, empunhando seu cachimbo, a chama mortal de uma velha que dorme a seu lado.

* * *

*Este é um caso que conduz certamente a um diagnóstico, mas não fecha a complexidade do assunto. Pelo contrário, abre para um terreno pantanoso na vida deste X, que me chegou como um tipo meio apagado, como um zé-ninguém da vida.*

*A riqueza mórbida do caso veio na medida em que cutuquei uma "alma" perturbada e fechada em rituais. Porque, além da severidade da adicção em crack, ele é portador de transtorno obsessivo compulsivo, ou TOC. O que não resume, porém, um diagnóstico final a respeito dele.*

*Não custa dizer que o instigante a respeito do TOC é que não se trata apenas de um mecanismo neuroquímico disparando mecanicamente e conduzindo a um comportamento repetitivo do tipo "mania".*

*Existe uma organização mental muito problemática por detrás da repetição compulsiva do TOC. Pode haver aí um pensamento delirante que se deseja "mágico" e até "onipotente".*

*X deixa isso claro ao admitir de maneira simplória que fuma pedras para que a mãe não morra. Sua mente teme certos "poderes" e vem construindo uma ilusão de neutralização desses poderes, o que fortalece seu impulso adictivo pela pedra.*

*Como em tantos outros casos de TOC grave, pensamentos sombrios precisam ser anulados ou "limpados", pois caso contrário a tensão psíquica ficaria insuportável. Assim, o ritual de alívio pelo ato obsessivo procura equilibrar de forma doentia um desnível crítico subjacente ao mecanismo do TOC.*

*Por isso eu insisto em dizer que, quase sempre, por detrás do TOC existem outros problemas ou transtornos, ou existem desejos e pulsões suspeitas vindas sabe-se lá de que instâncias psíquicas e de que fase da vida.*

*Mas esta história de X, quando eu a reconstruí para escrevê-la, me pareceu levar a alguma "racionalidade bizarra" de um procedimento obsessivo compulsivo, e me lembrou, curiosamente, uma paródia matemática.*

*Talvez por isso eu tenha dado ao texto o nome: "O x da questão". A metáfora da incógnita serve para aquilo que fica aparentemente sem explicação neste mundo cão.*

*Existe, porém, alguma clareza na loucura adicta de X que, além de ser vítima de seu pensamento mágico, parece ter algum núcleo psicótico devido ao abuso cocaínico. Sem dizer que o "comando interno" de sua mente e/ou do seu cérebro, adaptado para usar crack e garantir estupidamente a vida da mãe, não é apenas desejo intenso de uso ou fissura, e nem é apenas "malandragem".*

X é doente sincero. X quer falar através de sua doença. X é enredado no seu x da questão patológico. X é preso na incógnita que é ele mesmo. Eis aí também um caminho para um diagnóstico.

Sem falar nas inúmeras implicações psicanalíticas e edípicas óbvias e até "clássicas". Porque X é um rapaz regredido, de ego muito fraco, atolado no matriarcado, talvez submetido à tirania de uma mãe controladora.

Eu cinicamente reconheço que não são raros os adictos praticamente "casados" com suas mães, muitos deles expressando, de maneira semiconsciente, uma relação viscosa dentro da qual procuram escancarar, aos trancos e barrancos, um "grude" ambivalente de amor e ódio.

O abuso de droga pesada é um elixir maldito da falsa libertação desse atoleiro edípico, no qual entra em jogo a ambivalência da adicção, que é um querer e um não querer sair da busca infinita pela "brisa".

Levando à seguinte conclusão possível: muitos dependentes químicos ficam grudados de maneira instável à mãe ou a outra figura protetora a quem espelham uma codependência parental.

Mas a história de X, apesar da monotonia e apesar dos pesares, traz alguma riqueza e, para mim, tem facetas literárias beirando o conto.

A história de X conduz a situações de um imenso cinismo e humor negro, como, por exemplo, o encontro dele com a polícia, que se deu assim mesmo como está no texto, creio eu.

X — sendo simulacro de cidadão ou herói torto — me disse que sentiu o chamado de uma missão antes de marchar nu em pelo nas ruas do bairro. Ele parecia admitir que sua nudez adâmica e mais o descaramento da imitação santa tiveram um escancarado conteúdo simbólico.

Digo mais: isso tudo é praticamente uma cena cinematográfica. Juro que "vi" uma sequência como se eu tivesse que roteirizar um curta metragem.

*Porque mesmo nos redutos mais profundos da alma humana, como nos romances de Dostoiévski, existem soluções estéticas para horrores que a literatura pode resgatar. Sim, Dostoiévski e outros autores que o digam!*

*Tanto assim que eu imaginei um final para o conto-crônica explorando os bastidores do desejo de X para com a mãe. Oportunamente, resolvi me aventurar explorando uma contraparte muito sombria de meu quase personagem.*

*Imaginei o que haveria por detrás do simulacro descarado de um São Francisco nu e periférico, um São Francisco que é pura imagem, que é* fake.

*Então a contraparte desse São Francisco nu e periférico seria um adicto feroz nada* fake *e com pensamentos hediondos na calada da noite.*

*Como está em uma belíssima passagem de Hamlet (*"tis now the very witching time of night when churchyards yawn and hell itself breathes out contagion to this world; now could I drink hot blood and do such bitter business as the bitter day would quake to look on" — *é a hora mais bruxesca da noite quando os cemitérios bocejam e o próprio inferno despeja seu contágio sobre o mundo; agora eu poderia beber sangue quente e realizar tarefas tão terríveis que o dia tremeria de olhar para elas).*

*Assim, tão infernal em pensamento, X vira universal, vira algo shakespeariano, e fica sendo também incógnita viva de todo ser humano com sua sombra complexa. Mas X como solução ainda está longe de ser alcançado.*

*X ou não X ainda não é exatamente a questão.*

# Eu, o supremo

Até oito anos eu era quieto, ia bem na escola e não fazia estrepolia, só umas brincadeiras com meu irmãozinho mais novo.

Quando eu tinha dez anos queimei meu irmãozinho com pontas de cigarro e não me arrependi.

Desde pequeno nunca tive amigo, mas descobri que meu irmãozinho podia ser meu único amigo. Ele era um menino corajoso e eu era um menino medroso.

Minha vida mudou quando meu irmãozinho caiu da laje. Foi uma tragédia familiar. Me fizeram responsável, mas nada tenho a ver com isso.

Fiz o que devia no dia em que ele caiu da laje. E depois da morte do meu irmãozinho comecei a me sentir capaz de manipular as pessoas, de me ver superior aos outros.

Naquela época descobri que gostava da minha mãe e da minha irmã. Eu me masturbava pensando nelas, cheirava o lençol onde elas dormiam e ficava excitado até o gozo.

Quando cresci me interessei um pouco por este tal de Freud, porque tinha ouvido alguma coisa a respeito de filho que gosta de mãe. Achava meu caso interessante.

Eu sempre fui agitado e nunca estava satisfeito com nada. Comecei a fumar maconha com quatorze anos, segui na onda da cocaína, depois na onda do crack, e me empolguei.

* * *

Sempre usei droga sozinho no meu canto. O uso foi aumentando e não demorou para que eu começasse a ouvir vozes e a me sentir às vezes possuído. Tudo isso me atrapalhava ser do jeito que sempre fui. Então busquei tratamento.

Sou sincero em dizer: tenho raiva da humanidade, e usar droga, ainda mais a pedra maldita, me incomoda porque me aproxima da escória da humanidade. Noventa e nove por cento dos drogados, e principalmente os "noias", são escória e eu, é claro, não sou e nunca fui.

Sou um manipulador de pessoas, adoro fazer isso, ainda mais com pessoas inteligentes.

Não acredito em Deus. Admiro Hitler, Calígula, Nero e outros grandes líderes, e faço questão de absolver todos eles porque foram grandes homens.

Acho que existem três tipos de gente no mundo: eu, minha mulher e o resto da humanidade. Quanto a minha mulher, eu a considero uma deusa, um ser superior a quem venero. Em seguida vem eu próprio que não me misturo com a ralé.

Gosto de fazer sexo com variações. Uma vez comi um cara no meio do *swing*, mesmo que transar com homem não me dê prazer e eu tenha fantasias de ficar de quatro e dar pra outro homem.

Eu posso fazer de tudo conforme meu desejo manda. Mas as outras fantasias de sexo que eu tenho são com mulher, e gosto de sair por aí pra fazer sexo com putas e com garotas de programa em geral.

Aprecio sadomasô e companhia. Acho que uma mulher não tem que gemer de gozo quando eu estou em cima dela. É melhor ela ficar quieta porque o que importa é o meu prazer e não o dela.

Eu não traio minha deusa só porque faço sexo pelas ruas com as putas, e eu não me apaixono a não ser pela minha deusa. Se eu me apaixonar por outra estarei traindo.

Considero normal sexo fora do casamento, mas se minha mulher se apaixonar por outro homem pode ser que eu mate minha mulher, e daí? Mas se ela transar sem paixão com outro homem pode ser que eu aceite, e daí?

Não gosto que outro homem me olhe. Não gosto que minha mulher tenha amigo homem.

Uma vez espantei uns amigos homens da minha mulher criando terror. Eu me fingi possuído por um demônio e disse que fazia parte de uma seita satânica. Dei gargalhadas porque acreditaram e ficaram com medo. Adoro controlar pessoas.

Eu me sinto Deus, já que eu não acredito em Deus como a maioria das pessoas acredita.

Também confesso um desejo íntimo de ser pastor, porque ser pastor é uma oportunidade de manipular. Por isso admiro um pastor que vende sua palavra por muito dinheiro.

Tenho direito de cometer algum crime, e não porque eu seja bandido, não faço parte dessa laia. Se eu cometer um crime, esse crime vai ter uma justificativa porque estarei no meu direito mesmo que a sociedade condene.

E daí que a sociedade me condene? Eu não me condeno porque me dou ao direito de fazer o que minha vontade determina. Isso é o que importa.

Costumo sentir um tédio imenso do mundo e fico imaginando que tem muita gente que merece ser eliminada. Por isso me sinto também justiceiro e aprecio histórias de *serial killers*. Admiro muitos deles.

Gosto também de histórias policiais. Uma das minhas fantasias preferidas é invadir uma casa onde tem um casal, amarrar o homem, estuprar a mulher, e fazer um jogo com os dois, manipulando como se eu estivesse encenando um espetáculo teatral, ameaçando cada um deles em separado, criando terror.

Essas fantasias me visitam muito, tenho prazer com elas, chegando ao gozo, mas ainda não realizei isso, embora pense no assunto quando me lembro excitado de quando me masturbava pensando na minha mãe e na minha irmã.

Ah, e quanto a matar alguém, eu já tentei sim, era uma pessoa insignificante que me prejudicava no trabalho. Era um negro desprezível que não sabia fazer nada direito. Eu tentei matar esse negro, mas não consegui e fui mandado embora do emprego por justa causa.

Estou sempre planejando cometer um crime especial. É o crime perfeito que ninguém vai descobrir. E eu jamais serei preso porque não sou criminoso e não me misturo com gente inferior.

Eu sou absoluto, eu sou superior, chego até a pensar que não pertenço a este mundo e que sempre busco alguma coisa melhor, sendo eu, no fundo, também um revoltado.

Acredito que o suicídio seja uma forma nobre de conduta de um homem superior feito eu.

Se por um mísero acaso eu tiver uma estranha percepção de não me ver como sendo Deus ou de não me ver como sendo absoluto, pode me restar um desespero de não me querer neste mundo e de, através da morte, me ausentar deste mundo lixo cheio de pessoas que eu odeio.

Mas ainda bem que a verdade pode ser outra que não essa, porque quem decide a verdade, enfim, sou eu, e porque quem quer, afinal de contas, sou eu. Eu, o supremo.

* * *

*Eu considero este texto um depoimento estilizado que não chegaria a ser uma crônica e tampouco um conto. Mas para mim o que importa é que esse texto mostra, ao menos no âmbito do discurso, o que seria um transtorno de personalidade antissocial.*

*Trata-se, neste caso, de um diagnóstico razoavelmente seguro, embora não se possa fechá-lo, apenas fazer uma boa suposição a partir de um depoimento de impacto que é uma confissão cínica e chocante.*

*Psicopatia não é assunto simples, embora psicopatia esteja na moda, seja indevidamente simplificada e comumente cercada de equívocos. Um desses equívocos é que os psicopatas seriam sempre brilhantes.*

*Não é bem o caso. O "brilho" suspeito dos tais "psicopatas" é apenas de uma minoria. E não é a ação explícita de um psicopata que caracteriza o transtorno de personalidade e sim a estrutura da personalidade.*

*É interessante observar que, entre a teoria e a prática da psicopatia, acontece o inverso do que na justiça penal em que só existe réu a partir do crime explícito e provado e não a partir das intenções ou suposições.*

*No caso da psicopatia antissocial, as intenções são evidenciadas na personalidade antes de uma eventual ação. Existem psicopatas antissociais "latentes" sem quaisquer antecedentes criminais, que chafurdam no anonimato atrás de uma chance de barbarizar.*

*Há muitos psicopatas "adormecidos" que partem para a ação quando o meio e as circunstâncias são propícias, o que parece ser o caso do protagonista deste texto.*

*De qualquer maneira, eu reconheço que, neste texto, os dados de base foram inspirados a partir de entrevistas com mais de um indivíduo tido como antissocial, e particularmente com um deles, que conheci bem e era bastante habilidoso com as palavras, além de ser adicto em cocaína e crack.*

*Eu me referia a ele como sendo o "psicopata romântico" porque eu colocava dúvidas a respeito da realidade por detrás do seu discurso pomposo quando ele anunciava suas intenções de perpetrar horrores.*

*Fiquei meio desconfiado de seu pragmatismo declaradamente horripilante, julgando esse pragmatismo, por vezes, uma ficção anunciada. Ainda mais porque, afinal de contas, o que se impõe em certas psicopatias é menos uma prática de ações explícitas e mais uma verdade psíquica. Essa verdade pode vir no curso da fantasia ou mesmo da fabulação. Mas, apesar dos pesares, no caso dele não restam dúvidas de que ele é um tipo bastante perverso.*

*Não creio, todavia, que ele estivesse fazendo apenas "teatro", embora seja possível que eu tivesse me deixado impressionar por algumas possibilidades imaginativas e teatrais de perversidades ainda não testadas, talvez, na prática. Vou até um pouco mais longe. Creio que ele, a bem da verdade, flutuasse entre suas imaginações e suas intenções perversas.*

*Eu me lembro de que ele veio a tratamento não para se livrar de seu perfil psicopático antissocial. Ele percebeu que sua adicção estava incomodando demais, porque ele ouvia vozes e sofria de episódios de psicose cocaínica.*

*Então ele queria se livrar dessas perturbações para ficar com sua personalidade mais "limpa" e estar mais livre para exercer suas monstruosidades.*

*Nota-se ainda que existe no discurso dele um flerte descarado com a figura do grande herói, embora seja a figura do grande herói invertida e satanizada descambando no que seria idealizado por ele como a figura elevada de um homem "superior", e sendo nada superior porque, lá no fundo, a verdade é outra.*

*Seu "homem superior" é uma imagem distorcida dele — um pobre diabo terrivelmente obcecado em fazer de sua vontade a única lei dentro de um egoísmo e narcisismo supremos.*

*Encontram-se exemplos de tudo isso na História. Acrescento que não faltariam aí comparações com a personalidade de certos monstros nazistas, na medida em que o nazismo é uma satanização romântica.*

*Não faltariam também referências psicanalíticas de fantasias perversas que se entregam a imperativos sádicos do desejo brutal sem o freio de qualquer superego. E digo mais ainda: todos esses conteúdos psíquicos dele podem ter alguma sintonia com a sombra de todos nós, sendo justamente por isso que a figura do psicopata é muito cênica e fascina.*

*Não é por acaso que existem tantos filmes de sucesso sobre psicopatas, e quase sempre os antissociais! Basta verificar nas locadoras.*

*Talvez, lá no fundo, um psicopata seja aquele que se dispõe a realizar nossas escondidas monstruosidades.*

*Nelson Rodrigues tem uma frase linda que leva a uma reflexão interessante: "o sujeito, seja ele um homem de bem ou um pulha, é um assassino falhado. Não há ninguém, vivo ou morto, que não tenha concebido a sua fantasia homicida".*

*Portanto, o cinismo e a arrogância deste rapaz feito personagem dele mesmo e beirando alguma insanidade passageira ecoa junto à falsa liberdade de ele querer ser "supremo", de querer ser um deus debochando de Deus e, ao ser ateu, negar e destruir para construir na negação.*

*Eu acredito que esse depoimento estilizado pelo horrorizante cinismo chegue próximo do que se pode ter como literatura e também, quem sabe, como provocação ou ponto de partida para reflexões filosóficas.*

*Para finalizar exponho a seguinte linha de argumentação: nas ciências "psi" existe uma polêmica se o transtorno de personalidade antissocial seria ou não uma "doença".*

*Há quem diga que essas pessoas não sejam doentes, apenas têm condutas variantes socialmente perniciosas. Elas não seriam doentes porque nelas não haveria disfunção. Pelo contrário, podem estar "saudáveis", embora voltadas para o que consideramos ou julgamos como sendo o mal.*

*Essa postura, no entanto, é discutível. Essas pessoas — como eu conheço muitas — chafurdam no lodo do desejo irrealizado e podem sentir o peso da solidão e da amargura. Não creio que, em geral, sejam felizes e, portanto, questiono se essas pessoas não se-*

*riam disfuncionais. Ou talvez algumas sejam disfuncionais e outras não. Porque há psicopatas que realizam seus desejos. Outros que não.*

*Ou sei lá eu se haveria ou não doença. Confesso humildemente que o assunto é bastante complexo e que não tenho conclusões definitivas. Mas, de qualquer maneira, este assunto é ao mesmo tempo fascinante, profundamente perturbador e transcende ao que seria meramente científico.*

*Este assunto desemboca na seara complexa dos valores que a vida atribui a si mesma. Eis porque eu busco a literatura, e sei que a literatura, como o teatro, vive de conflito e de tensão. É onde sempre vem à tona o velho jogo do bem e do mal, de modo a mexer com nossas esperanças de soluções para com a vida.*

*Eu ainda diria que todos nós temos um gostinho especial de acompanhar o herói às avessas, o herói mau que nega e detona tudo. Não é à toa que, no teatro, o público se lembra mais dos personagens maus do que dos bons.*

*Pense sobre isso, leitor, antes que eu sugira a você a seguinte provocação: não é bom ter a companhia de um psicopata, mas dá prazer vê-lo numa tela enquanto se come pipoca, ou é confortável tomar contato com ele lendo um texto bem escrito.*

*Tudo isso pode ser edificante, porém é só edificante na manha e em termos, é claro. Em resumo: conhece-te a ti mesmo até nos meandros mais sombrios alheios; os outros, que para o Sartre são o inferno, também servem um pouco de espelho, por mais distorcido que seja esse espelho.*

# Quase memórias póstumas

Ele tem cinquenta anos, rugas salientes, rosto chupado, dentes amarelecidos bastante gastos e uma marcante palidez cutânea.

Trabalhou desde muito jovem como funcionário público, merecendo o respeito habitual do ofício, até enjoar da rotina do trabalho e sair em busca de novidades. Como se retornasse a uma infância simbólica da qual, na verdade, nunca se livrara de fato.

Foi quando tudo começou a desandar em sua vida.

Há muitos anos ele faz tratamento para o que se considera por aí dependência química, e não tem constrangimento em assumir o que chama de "vício" no crack.

Quando pergunto a respeito da fissura pelo crack, ele me diz que se desligou disso há um bom tempo. Na verdade, ele usa a pedra como se a mesma fosse um reflexo automático mantido por um correspondente hábito adquirido de longa data.

O ato de fumar a pedra é tão constante que ele nem tem mais tempo para a fissura. Sua mente está tão íntima da pedra que não se ocupa com as tentações da pedra, as quais já não se tornam necessárias.

Ou então, mesmo que ele já tenha tido seus momentos de fissura, ela acomodou-se tanto que o seu cérebro não consegue mais produzir aquela vontade explícita de manter a mesma voracidade de antes.

Ele logo acrescenta, no entanto, estar meio confuso em suas afirmativas. E apura dúvidas e contradições ao dizer que lhe resta, enfim, uma falsa vontade de enganar a própria vontade.

— O senhor me compreende?

— Ainda não.

O homem procura resumir para mim, mas sem obter sucesso em sua explicação. Ele diz que tudo isso seriam "brisas" estranhas da "noia", ou etapas bastante avançadas do "vício maldito" que o vem apertando cada vez mais num círculo de fogo da banalidade do uso e da repetição.

Eu digo que o caso dele me parece ser delicado, se não grave. Se ele não tomar cuidados, vários remédios poderão ser necessários. Ou talvez uma internação.

O homem dá de ombros e diz um tanto faz como tanto fez, joga um pouco mais de conversa fora, despede-se e pede para marcar um retorno.

* * *

Hoje, na última entrevista, ele chega animado. De repente, olha atentamente para um livro meu deixado sobre a mesa. Abre o livro e admira-se de ser aquela uma edição bilíngue português/inglês de *Memórias de um Sargento de Milícias*, de Manuel Antônio de Almeida.

Ele faz observações interessantes a respeito da obra. Comenta que é a história de um rapaz agitado, meio moleque, chamado Leonardo que sempre foge das garras do chefe de polícia, o Major Vidigal, num jogo de gato e rato.

Eu confirmo que a história está correta e me ponho a recordar o enredo. Digo a ele que esta é uma obra testemunho fecundo da vida brasileira, e da vida carioca e fluminense, no início do século XIX.

Ele então revela que leu bem estas Memórias, e apreciou muito. Revela que sempre gostou de confissões alheias, ainda mais porque se considera um rato de bibliotecas e sebos, onde garimpa testemunhos que, vindos de outras criaturas, remetam à sua alma sedenta de novidades.

Ele faz a seguir, de passagem, breves comentários a respeito de obras feito *O Cortiço*, de Aluísio de Azevedo, e de outras obras de peso, e vai embora falando um pouco sobre a importância da literatura e do português correto.

Admite que toda uma vida na "noia" não lhe impediu flertar com o idioma, mas ultimamente ele fica cada vez mais ausente de si mesmo, e cada vez mais preso a buscar nas memórias alheias uma contraparte — espelhada ou estilhaçada — de suas próprias memórias.

Eu lhe pergunto qual teria sido a obra que mais fundo tocou sua alma. A resposta demora poucos segundos de reflexão.

Ele me olha bem nos olhos e cita enfaticamente *Memórias Póstumas de Brás Cubas* porque, como muita gente sabe — e o senhor deve saber bem — é uma história bastante conhecida de um morto se recordando de sua existência enquanto marca sua presença vivíssima entre os vivos.

— Esta é a magia da história.

— Sim, eu concordo.

Pois este homem agora, que foi por tanto tempo funcionário público e nunca inventou seu próprio remédio, nem um emplastro ou mero placebo, resume o teor de sua "viagem" embriagada naquilo que ele tem como "maldição da pedra".

Eis aí uma estranha "viagem" que, como ele detalha com ar melancólico, tem produzido nele uma espécie de dupla personalidade, a vivenciar alternadamente um apagamento e um despertar no mundo.

— O senhor agora me compreende?

Fico um pouco em dúvida e respondo:

— Pode ser que sim.

Ele vai embora carregando talvez uma nova versão de sua pessoa.

Esta versão é como se, em inúmeros momentos, ele estivesse escrevendo, sem papel ou outro registro, suas evanescentes memórias enquanto vive se escondendo em becos obscuros na companhia de uma "noia" medíocre fissurada apenas à pobreza da pedra.

Mas, para ele, esta pedra incandescente e repetitiva é uma ampulheta por onde escorre uma areia da vida, e por onde também escorrem suas lembranças.

E ele segue destilando suas diversas memórias que parecem planar no ar, etéreas e sem peso, desaparecendo confusas na embriaguez desprovida, agora, da antiga fissura juvenil, fissura cada vez mais distante porém presente e sorrateira.

Memórias que são evocadas pela fumaça tóxica do crack.

Memórias duvidosas constantemente recriadas.

Memórias quase ausentes pela fuga constante.

Póstumas, porém, e, ao mesmo tempo, em vida que se vai ou que já foi.

* * *

*Eu conheço este homem já faz alguns anos. Ele vem ao meu serviço em aparições intermitentes, entre recaídas verdadeiras e falsas, ou, enfim, no meio desta velha história das vicissitudes perigosas e suspeitas da droga e, no caso, da droga crack.*

*Este homem, como tantos outros, é um sobrevivente de guerra de um longo tempo de abuso. Acredito que ele tenha uns vinte anos de crack, ou até mais.*

*No entanto, continua vivíssimo da silva e razoavelmente preservado, a despeito do fato de que a dependência do crack lhe tenha desarranjado bastante a vida familiar e social.*

*Como tantos outros, ele me desperta um interesse médico ou acadêmico para investigar como o abuso prolongado de uma droga pesada venha a ser possível como um abuso estável, ou até "social". Na verdade, é bem possível sim, e nada incomum, aliás, como em tantos outros casos que atendi.*

*Eis que surge então uma questão muito importante dizendo respeito às estratégias sensatas de abordar as dependências das chamadas "drogas psicoativas", principalmente as drogas ilícitas e mormente o crack.*

*Ainda mais porque são muito comuns os sensacionalismos na mídia. Isso pode distorcer uma avaliação precisa a partir de amostras que nos são continuamente escancaradas, porém relevadas e tidas como pouco significativas ou mesmo como raridades.*

*Para início de conversa, caro leitor, uma droga que nem o crack não é tão somente a cocaína empedrada para ser fumada. Não é tão somente uma substância ativa que pode ser isolada. É um conjunto que abrange principalmente uma relação tríplice, ou triádica, droga-indivíduo-meio. Outra maneira de olhar para isso é: a droga é somente droga com seu invólucro e todo o entorno social, todo o ritual, todo o contexto.*

*Existem usuários e usuários, os mais diversos, de maneira a diluir o típico e o estereótipo do "noia" que, mesmo assim, existe. Mas, lá no fundo, é a velha história de cada um cada qual, como eu já ouvi num rap.*

*No meio deste baita problema coletivo e geral, e diante das especificidades individuais, permanece a velha questão profunda e caprichosa: afinal de contas — pergunta-se — o que move as pessoas adictas a um "prazer" compulsivo que acaba deixando de ser prazer?*

*Quanto mais complicados se tornam esses caminhos ou descaminhos do prazer, mais essas drogas são mantidas pelo desejo ou pelo vulgo "vício", ou pelo desejo infrene por vezes terrível que acaba virando o que se tem como fissura.*

*A palavra "fissura" é bem complexa. É um signo muito maior do que sua denotação habitual. E dentre suas conotações há uma fissura que existe no silêncio, há outra fissura que se mantém na ausência da fissura convencional, e há até uma fissura na inconsciência do adicto que mal sabe estar seguindo um ritual invisível.*

*Eu ainda insisto em dizer a você que me lê: a realidade do crack e de outras drogas pesadas não é bem essa que está na voz pequena e em modelos aterrorizantes e apocalípticos veiculados pela mídia.*

*E este homem é mais um exemplo de uma dificuldade basal de compreensão e estudo de caso e de diagnóstico. Mesmo o conhecendo há bastante tempo, eu só tinha avançado no máximo até lhe dar o velho rótulo de dependente crônico de crack.*

*De repente eu comecei a conhecê-lo um pouco melhor por ter evitado me prender apenas ao olhar clínico, por ter ido atrás de certos meandros, de certas observações que ele me fez. E confesso: o que fez essa mediação — tanto para mim quanto para ele — foi a literatura.*

*Então seu caso original acabou me parecendo uma nobre exceção quando ficou patente para mim uma sofisticação dele, qual seja a sua eleição de obras comentadas da literatura brasileira.*

*Foi quando certo dia ele me falou de várias obras de peso e escolheu o* Memórias Póstumas de Brás Cubas. *Aquilo foi uma revelação, mas não revelação de qualquer diagnóstico, de qualquer condição psíquica.*

*Aquilo foi uma revelação sutil de como uma fissura primária se desvanece em prol de um conformismo mórbido com a mesmice ou com a chatice de não ver nada demais naquela fumaça besta e, no entanto, vê-la se repetir a cada dia sem nenhuma graça.*

*Chega-se, pois, numa espécie de paradoxo: trata-se de uma fissura tão sutil que parece tudo, menos fissura. O hábito vira uma monotonia que disfarça a busca pela droga numa rotina insossa. Ocorre um automatismo que suprime o desejo, ou o mascara.*

*As memórias (quase póstumas) então preenchem um vácuo existencial. O indivíduo adicto começa a lembrar de si mesmo como um passado totalizante e aterrador, sem presente e sem futuro. O flerte dele com a morte sofistica-se diante da própria literatura, a exemplo da escolha da obra prima de Machado de Assis.*

*A dependência se torna particularmente cruel na medida em que a fumaça tóxica se repete de maneira estupidamente monótona em um homem razoavelmente preservado e, acima de tudo, muito sofrido. Um homem gasto, mas se equilibrando e sobrevivendo. Um homem não tão doente fisicamente, porém aos trancos e barrancos quando se vê no espelho da alma.*

*No seu caso, não havia apenas uma vulgar intoxicação crônica, e sim outro nível de transtorno inclusive mental porque o mesmo transtorno estava assentado não na loucura do usuário na busca ensandecida pela droga, porém no conformismo do usuário que já contempla um longo caminho do desencanto e, no entanto, não consegue se desviar da droga.*

*Foi quando eu comecei a perceber que era justamente isso que fazia o interesse dele pela literatura e, particularmente, era o que fazia seu gosto peculiar pelo* Memórias Póstumas. *Esse gosto peculiar deu-se justamente por meio de uma empatia que ele passou a sentir pelo arquétipo do morto glorioso que vive; esse gosto seguiu por meio do fascínio que ele passou a sentir pelo indivíduo extinto, porém indivíduo singular vindo ao mundo chamado sensível e pairando nas dimensões mágicas do que a arte alcança dizer, mas onde a linguagem do concreto nada diz.*

*Eis uma presença situada além do factual e seguindo no desafio do paradoxo. No caminho da ambivalência do dito pelo não dito.*

*Eis uma presença polissêmica da droga subvertendo uma realidade íntima, através de uma lógica enviesada e de uma desordem do mundo, como se tudo isso fosse um ardil psicótico de uma semiótica perversa da droga. Droga que é menos química e mais* relacional, droga a produzir significantes novos que sempre remetem, no entanto, à mesmice da repetição.

Enfim, de repente eu, ainda perdido e me encontrando, e tentando compreender o longo caminho dele na adicção pesada ao crack, consegui obter uma precária síntese, até de maneira racional, dessas quase memórias póstumas. Que eu digo "quase póstumas" por deferência à lógica temporal situada entre a vida e a morte e para me ater ao valor simbólico do que se considera como morte em sentido amplo.

Afinal de contas, toda adicção pesada e verdadeira é um flerte com a morte. Além de ser uma compulsão à repetição, como bem observou Freud.

Confesso que foi assim que intuí a gravidade do "quadro" deste homem para além de certos diagnósticos comuns.

Mas não porque eu temesse sua morte física por overdose de crack/cocaína. Nada disso. Ele já havia me provado estar bem adaptado à droga. Eu temia seu apagamento existencial, através da depressão ou da melancolia, quando suas memórias quase póstumas se esgotassem e quando, na vida real, não houvesse mais lugar para memórias.

Este homem então acabou virando um enigma de si mesmo, um enigma cuja resolução se deu parcialmente através da arte; através de um desafio que se revelou pela recorrência ao cânone universal; um desafio vindo, porém, do bruxo do Cosme Velho, o velho Machado; um desafio também vindo um pouco de Aluísio de Azevedo e, de quebra, do Memórias de um Sargento de Milícias.

Creio que tudo isso tenha sido a chave para a compreensão da psicodinâmica desse homem preso à necessidade de fazer memória, de se eternizar como memória no meio da crueza do anonimato da periferia, perdido entre "noias" medíocres que não lhe seriam jamais plateia, e estando ele sozinho com seus caprichos literários.

Ah, caro leitor, eu percebi o quanto um diagnóstico clínico ou psiquiátrico pode ser supérfluo, redundante ou dispensável di-

*ante das especificidades existenciais agônicas de um dependente de crack, cuja gravidade está justamente no distanciamento ao prazer banal da droga e não na aproximação a ela por meio da fissura convencional.*

*Quanto mais esse usuário despreza e se entedia com aquilo que é objeto de prazer, mais aquilo se aproxima dele de maneira aparentemente incoerente. Quer dizer, aproxima-se num caminho perverso que costuma ser um beco sem saída, como já é bem sabido.*

*Mas é justamente aí onde a arte pode acenar como solução, porque o paradoxo da existência de um ser humano póstumo ainda em vida é uma questão artística.*

*Digo mais: o tratamento de uma pessoa assim pode ser uma viagem de Virgílio com Dante no Inferno. Pode ser um simulacro empático do que seria morte com alguém que, vivo, coloca-se como morto, antecipa-se ou resignifica-se como morto. Isso seria até uma antinomia e, como tal, é arte.*

*A arte se abre para a "loucura" e vira arte terapêutica.*

*Trata-se também de uma questão que traz à tona uma outra questão muito importante para mim: a de que o crack não é tão perigoso pelo risco de vida devido à intoxicação e sim pelo risco da sua dependência virar um monstro invisível cheio de tentáculos da ilusão.*

*E estou me referindo ao crack transacionado em seu aspecto vulgar de mercadoria marginal e desprezada, porém mercadoria poderosa a exercer um fascínio tão grande em certos adictos marginalizados, de maneira que eles deixam de perceber o poder do fascínio, embora insistam nele.*

*No entanto, este homem algo ilustrado parece indicar alguma saída. Sua "doença" fala disso, seu sofrimento é eloquente. E se ele segue na embriaguez de uma droga não etílica, ele procede como um autômato do que ele insiste ser o seu "vício", querendo rescrever à sua maneira as suas quase póstumas memórias.*

*Ele o faz enquanto escritor de sua ficção tão real quanto ela é real e dura como uma pedra de cocaína desaparecida em minutos.*

*Minutos que seriam antítese da memória da qual se espera que jamais chegue a um fim. Daí brota nele um certo fascínio (e também brota um terror) por algum infinito desconhecido, por uma viagem sem volta, por alguma eternidade misteriosa, como está no famoso monólogo de Hamlet.*

*Eternidade que é mais do que ter algum éter-na-mente.*

# A sombra do vulcão

O caso dele é pouco transparente, embora não existam casos totalmente transparentes. Trata-se de uma questão médica e também psiquiátrica, porém em termos e relativamente.

O caso dele é também enigmático, e eu me reporto agora às epilepsias atípicas que cursam com mudanças bruscas e episódicas de comportamento e podem ser assustadoras.

Por outro lado, ele tem sempre mostrado uma aparente calma. Sendo contumaz usuário de cocaína, já experimentou o crack, e de ambos se diz abstinente há alguns meses.

Ele toma medicação direitinho. Ultimamente não apresentou queixas importantes. No entanto, hoje surgem dele revelações que me surpreendem, mesmo que ele, na entrevista anterior, tenha mencionado umas crises convulsivas e tenha me mostrado um eletroencefalograma normal.

Mas eu ainda tenho dúvida da existência de alguma epilepsia, ou então, chego a supor que a crise convulsiva seja uma manifestação isolada por conta do excesso da droga no passado.

Verifico, todavia, que a história dele não se encaixa em certos modelos típicos, e não poderia ser explicada apenas como decorrência de crises convulsivas.

Ocorre que o homem confessa pensamentos de fazer maldade com as pessoas, e que não permanecem apenas como pensamentos. Viram atos. Viram coisas horrendas das quais ele mal se dá conta.

Porque, de repente, ele sente o perigo se aproximando, e então tudo pode "explodir" em fúria explícita.

Ele, todavia, não admite ser portador de uma maldade da alma. E se ele nega ter matado alguém, quase chegou a fazer isso.

Recentemente arrancou com os dentes um pedaço de orelha de um desafeto e o guardou junto com um pedaço de camisa ensanguentado.

O desentendimento começara por motivo banal, com uma desavença entre vizinhos por causa de uma mísera porção de telhado quebrado que o vizinho se recusara a consertar.

Daí ele ficou possuído de um ódio profundo contra o vizinho e virou uma fúria. Foram necessárias seis viaturas da PM para contê-lo.

Ele admite que sente normalmente arrependimento após um ato de agressão, mas tudo se passa de maneira estranha, pois o arrependimento vem com certo prazer pelo ato consumado, e isso o perturba. E se ele procede no ataque com pura impulsividade e se fica fora de si, também existe premeditação porque ele é capaz de ficar dias maquinando em silêncio uma vingança.

Ele declara que sua vontade de retaliação não vem do nada. Há sempre um motivo por detrás das explosões, como, por exemplo, uma pequena ofensa ou um desaforo. Mas, apesar de suas várias crises epilépticas, jamais ele "parte do zero" contra alguém, jamais age gratuitamente na pura maldade na escolha de uma vítima.

Por vezes ele chega até a comprar briga alheia, como numa vez em que quis fazer justiça com as próprias mãos contra um rapaz que foi desrespeitoso a um velhinho.

* * *

Os pais dele se separaram quando ele tinha dez anos. O pai é um militar extremamente rígido, mas nunca batia nele, usava apenas da força intimidadora das palavras. Não foi assim a mãe, que tem problemas mentais, sofre de convulsões, recebeu eletrochoques e já foi internada no antigo Juqueri.

Constrangido, ele confessa ter apanhado muito da mãe, numa frequência absurda de agressões desde tenra infância. Os motivos eram banais, sejam traquinagens de criança ou, mais tarde, traquinagens de moleque ou de rapaz.

A mãe perdia qualquer controle. Usava ferramentas no ataque. Certa vez o golpeou com uma picareta. Chegava a lhe esfregar cocô na cara, e tanto o fazia que, quando ele bateu recentemente no vizinho por causa do telhado, esfregou cocô na cara do desafeto, além de lhe ter quebrado toda a casa.

Ele confessa muitas brigas ao longo de sua vida, como tantas vezes ocorreu no trânsito na época em que ainda trabalhava como motorista de ônibus. Sem falar nas brigas no tempo de menino, na escola, quando ele perdia o controle por qualquer besteira.

Ele vai se recordando de que tinha os tais ataques desde menino. Não sabe dizer exatamente quando começaram, mas tinha sido antes da sua iniciação nas drogas aos treze anos. Foi logo antes de quando experimentou lança-perfume e solventes, e depois maconha e álcool. Mais tarde ficou dependente de cocaína, de "farinha branca". Conheceu o crack, mas tinha preferência pela cocaína.

Eu faço um encaminhamento dele para o psiquiatra e também me pergunto se este seria mais um caso de epilepsia temporal, ou então, se seria um caso de transtorno de impulsividade.

Procuro responder para mim mesmo que este poderia ser, na verdade, um caso limítrofe, situado num terreno intermediário entre um transtorno de personalidade e alguma atividade elétrica do cérebro de natureza epileptiforme.

Enquanto reflito, de repente o homem faz um comentário delicado. Ele me confidencia que "teme ser um psicopata".

Ele me diz que leu alguma coisa a respeito deste assunto. Viu uma matéria na televisão. Na verdade, ele tem crítica suficiente para confiar desconfiando, para perceber que a mídia banaliza as psicopatias e que pessoas leigas ficam assustadas com explicações simplórias para assunto tão complexo.

Ele confessa estar muito preocupado com o temor de alguma doença estranha vinda através de sua família como herança da carne. Confessa um medo de agredir o filho por conta dessa herança maldita. Lembra-se de que uma vez quase arrebentou o filho de pancadas por causa de uma teimosia do menino. Chega a ter vontade de fazer isso por motivos banais quando o filho faz alguma traquinagem.

* * *

Eu penso comigo mesmo, mais uma vez, que se por um lado tudo no caso dele é uma grande sombra, por outro lado não existe muita novidade debaixo do sol.

Há, no entanto, algumas certezas relativas no meio das dúvidas. Com certeza, além das possibilidades epileptiformes, este homem produz um relato consistente de sua criação. Ele fala, com precisão de narrador seguro, sobre sua mãe insana e possuída que lhe golpeava picaretas na cabeça, que lhe fazia escorrer sangue da face a ponto de lhe deixar marcas na testa até hoje. Ele admite que, lá no fundo, deve sentir ódio da mãe e que, devido a esse sentimento, evita se encontrar com ela para que os demônios familiares não venham à tona.

Ao final da entrevista, e ao me mostrar as marcas na cabeça, ele faz uma expressão melancólica, tendo os olhos postos no infinito.

* * *

Ele me parece agora um homem muito calmo. Súbito faz uma reflexão breve, porém de repente me devolve um olhar estranho que parece incluir uma aura sinistra.

Ele se contém após breves instantes de inquietação. Ou então, eu noto que ele pode estar farmacologicamente contido, e assim vai retomando suas boas maneiras, vai adquirindo sua aparente calma, edificando sua tranquilidade como se essa tranquilidade fosse uma *persona* peculiar, ou como se fosse uma tranquilidade "vulcânica" potencialmente eruptiva e apenas falsa e superficialmente sincera.

* * *

*É um caso que me impressionou por se tratar de uma pessoa que não dava sinal de que podia ter crises absurdas de violência. Por outro lado, o caso talvez exemplifique o papel de certas epilepsias atípicas em transtornos de personalidade e/ou de impulsividade.*

*Mas isso é apenas hipótese, porque epilepsia é o que este homem alegava ter, e ele de fato tinha sido medicado para esse transtorno. E se o exame (eletroencefalograma) era normal, isso não revelava muito, porque existem várias epilepsias com este exame normal.*

*De qualquer maneira eu parto da hipótese do quão significativo é o fato deste homem ter incorporado essa epilepsia — verdadeira ou falsa — em sua vida. Mas a minha intenção não é transformar, de forma reducionista, a queixa deste homem num caso apenas médico.*

*Sem dizer que a questão em si da epilepsia é complexa. A começar que nem se trata propriamente de uma doença, é sim de uma manifestação sindrômica.*

*Uma crise convulsiva é, em resumo, uma espécie de tempestade elétrica no cérebro com um padrão repetitivo quanto à forma, ritmo e duração.*

*Toda a rede neural é um imenso sistema de conexões eletroquímicas onde uma quantidade imensa de neurônios conta com uma quantidade ainda muito maior de ligações (sinapses), configurando uma rede, digamos assim, assustadora de comunicação. Todas as atividades cerebrais podem ser, de alguma forma, medidas por ativações eletroquímicas de acordo com inúmeras combinações extremamente complexas.*

*A epilepsia tem história. Já foi a doença sagrada na época dos gregos antigos, já foi possessão satânica na Idade Média. Depois civilizou-se, porém civilizou-se em termos.*

*Em época moderna inventou-se até um "caráter" ou uma "personalidade epiléptica", algo que não tem mais reconhecimento hoje. Gente famosa, como Dostoiévski e Machado de Assis, teria sido epiléptica.*

*O assunto ainda está em aberto e admite um território ambíguo entre o que seria uma crise verdadeira ou crise orgânica, e outras manifestações da mente e do cérebro.*

*O assunto é também complexo, e justamente por isso vou criar provocações para o leitor.*

*Do ponto de vista da rede neural e dessa transmissão eletroquímica, admite-se a hipótese (e apenas hipótese) de que exista um determinismo nas ações que emanam de comandos do cérebro. Melhor dizendo: há quem admita que a nossa capacidade livre de escolha seja, lá no fundo, uma ilusão.*

*Conforme essa hipótese, teríamos que deixar um pouco de lado a suposição da existência de um "eu" totalmente autônomo por detrás da nossa identidade íntima, e também teríamos que deixar um pouco de lado a suposição da existência de um "eu" relacionado à antiga ideia de "alma".*

*Sabemos bem que a esse "eu" tem sido atribuída uma capacidade intrínseca decisória que pode ser chamada (de um ponto de vista não apenas religioso) de livre-arbítrio. Mas, lá no fundo, pergunto: seria essa capacidade intrínseca decisória uma ficção explanatória?*

*Reflita você, caro leitor, e de resto, calma aí, não quero concluir ou ir longe no mérito dessas questões. Apenas provoco. Estou ciente de que há os que respondem sim ou não a essa pergunta. E ainda digo que existe uma interface meio indefinida entre essas duas posturas, embora o ser humano seja apenas previsível e determinado teoricamente. Na prática sempre contamos com a presença de uma capacidade decisória.*

*Tanto é verdade que, no desenrolar da vida real, ninguém alcança o fundo de si mesmo e ninguém é transparente nem a si e nem aos outros.*

*Se por acaso achamos que somos o que pensamos, não sabemos tudo o que pensamos e não sabemos bem porque somos e nem porque decidimos.*

*No entanto, existe um conhecimento objetivo a respeito da mente e do cérebro.*

*E bem a propósito volto agora à epilepsia.*

*Hoje se sabe da existência de certas crises epilépticas, principalmente as de lobo temporal, que se expressam através de mudanças de conduta, eventualmente com manifestações antissociais agressivas e até alterações bizarras de comportamento.*

*Deve haver por aí muitos indivíduos até "monstruosos", vítimas de tempestades elétricas com padrão e ritmo. Mas na prática dos casos que vemos no dia a dia não é fácil provar a favor ou contra a origem de certos distúrbios de comportamento como sendo tempestades elétricas do cérebro.*

*Daí a pergunta-chave: tais pessoas decidem o que fazem ou elas são levadas a uma ação por um mecanismo eletroquímico determinista, seja no caso dessa "tempestade" episódica que é, sob alguns aspectos, o que se tem como uma convulsão peculiar?*

*Eis uma boa questão, e uma questão complicada. E se não é o caso de muito filosofar aqui, digo que a região temporal do cérebro é crítica pela proximidade com áreas do sistema límbico que regulam a alta complexidade do mecanismo de nossas emoções, como, por exemplo, uma região chamada amígdala.*

*Mas, se tudo isso ainda traz à tona problemas filosóficos e até jurídicos, bem a propósito cito o caso do direito penal. Se levarmos em conta uma abordagem rigorosamente científica, como ficaria o livre arbítrio para muitos atos criminais? Qual seria a base eletroquímica ou neuroquímica da culpa ou do dolo? E como fica a questão do mal e da delinquência como escolhas da pessoa acusada de um crime?*

*Juro humildemente, caro leitor, que não tenho respostas finais para essas difíceis questões. E não estou simplesmente dizendo que ninguém escolhe nada. Longe disso.*

*Vou logo confessar o seguinte. Torço humildemente pela existência de alguma etérea "alma". Afinal de contas, não há como a gente dispensar a crença na existência de um intangível "eu" profundo.*

*Ou então, trocando o assunto desta crônica em miúdos: eu busco entender e identificar alguma "alma" neste homem, e não tenho certeza nem de sua epilepsia supostamente de lobo temporal.*

*Sei apenas que este homem é um dependente grave de drogas e que, embora tenha experimentado o crack, ficou adicto à cocaína, "farinha".*

*De resto, julgo importante diferenciar seu transtorno de conduta violento de um eventual e possível transtorno de personalidade, que, se for o caso, é uma marca profunda de como estaria estruturado o seu caráter (ou melhor, a falta de caráter).*

*Mas este homem, sendo epiléptico ou não, me parece vítima da sua fúria intempestiva e vítima das misérias e absurdidades de sua criação. Lá no fundo ele poderia ter apenas um transtorno de impulsividade que o faz explosivo frente a provocações ou mesmo injustiças, e que o faz egocentricamente explosivo frente a deslizes alheios.*

*Tenho visto inúmeros casos assim entre os adictos, que, por sinal, são pessoas, em geral, de "pavio" curto. Mas o "pavio" curto não é apenas um problema de adictos. O ser humano em geral tem tolerância (ou intolerância) variada à frustração. E ademais essas variações de intolerância só existem em função da velha busca por objetos do desejo.*

*Eis aí uma coisa que a psicanálise descobriu em cima do que deveria estar evidente desde antes do teatro grego. Portanto, de alguma forma, tudo o que existe no alcance dos nossos sentidos é desejo.*

*Para Buda tudo é dor. Tudo à nossa volta deve ser uma composição de dor e desejo — eis o mundinho de todos nós. Então as pessoas reagem de maneira diferente à dor das frustrações presentes no dia a dia. E os adictos que o digam porque carregam no cérebro e na mente uma intolerância basal à frustração bem acima da média.*

*Os adictos anseiam obcecados por gratificação contínua e acabam sendo ingenuamente repetitivos. Eu até diria que alguns deles parecem "convulsionar" existencialmente. Quase todos são um pouco* puer, *são regredidos emocionalmente. Dentre eles há também os histéricos, os exibicionistas, os narcisistas, e há os que são organicamente detonados e têm crises orgânicas, a exemplo de uma epilepsia temporal e de outras marcas na fragilidade do cérebro.*

*Mas no caso deste homem, se é interessante buscar o auxílio explicativo de áreas diversas da ciência, eu admito que este mesmo homem também não esteja livre de uma herança genética a indicar a possibilidade de uma transmissão de genes defeituosos geração após geração. Ao menos a partir da mãe supostamente psicótica que foi internada no Juqueri e era cruel ao exercer uma alegada "maldade" perante o filho quando menino.*

*Complicado, né?! Sei lá eu, pode até ser!*

*Fiquei convencido dessas mazelas familiares quando ouvi dele um relato brilhante sobre família, embora deste relato eu não assine embaixo dizendo ser mesmo verdade tudo o que ele me disse. Mesmo que, recentemente, eu tenha visto este paciente bem melhor, controlado com medicação, muito lúcido.*

*Eu vi nele uma certa sinceridade. Ele parecia fazer esforços para controlar sua fúria, e disso parecia ter boa crítica. E a menos que esse indivíduo seja um ótimo ator ou fingidor de primeira, ele não me sugere ser um "monstro".*

*Restaria a ele sim um caráter e até lhe caberia uma condição relativa de vítima sem lhe tirar uma responsabilidade sobre sua vida.*

*Digo mais: mesmo sem saber quem ele é de verdade, especulo e penso agora como ele é bem diferente de um Mersault do romance* O Estrangeiro *conforme a crônica "Sem choro nem vela".*

*Sim, porque ele não tem a frieza existencialista ateia ou no mínimo agnóstica de um Mersault. Ele é crédulo e sugestionável. Suas emoções extravasam. Ele é "quente", e a melhor imagem que tenho dele é do vulcão feito montanha.*

*Quieto, imóvel, soltando um pouquinho de fumaça e criando uma grande sombra quando o sol bate do lado oposto. "A sombra do vulcão", portanto, é um título que veio tardio e a calhar.*

*A sombra do vulcão é um contraponto a mostrar como todos nós somos frágeis por sermos feitos de carne e osso e dessa massa de neurônios a se comunicar eletroquimicamente.*

*A menos — repito — da existência de uma "alma" plurimetafórica que muitos de nós acreditamos de maneiras diversas, e a respeito da qual alguém ainda alegaria a seguinte pergunta: quem prova o contrário da existência dessa "alma"?!*

*Mas com ou sem uma "alma" íntima, somos desejo e somos impulsividade. Ao bobearmos na ciranda das tentações do mundo, viramos escravos do desejo, viramos adictos com ou sem epilepsias temporais ou coisa e tal.*

*Nossa pífia autonomia pode desaparecer com ou sem droga química. Eis aí a dependência propriamente dita, que conta ainda com o desejo, força bruta a crescer e a chegar por vezes na fúria má dos homens bons, como talvez (digo mesmo talvez) seja o caso deste homem, que é um tema suculento em discussões filosóficas sobre determinismo* versus *livre arbítrio.*

*No depoimento deste homem profundamente perturbado abrem-se dúvidas cruéis caso se leve em conta a suposição de que ele não seja tão somente vítima de uma doença neuropsíquica.*

*Então eu me pergunto: seria ele antes um produto de sua história? Seria ele todo construído a partir de contradições vivas inscritas através de sua criação e sentidas na carne, na porrada e na fúria? Talvez.*

*Eu o vejo bastante como uma contradição humana viva e aberta que para mim vira literatura. Apesar da sua agonia de vida, sua história pode ter um final menos infeliz do que o temido trágico, porque vulcões podem ficar extintos ou permanecer quietos por quase uma eternidade. Ou, de repente, não.*

# O sobrevivente de Troia

Era um rapaz estranho, diferente dos outros, e não apenas por ser cego de um olho. Ele tinha algo mais.

Sua primeira aparição foi numa aula de teatro para dependentes de drogas.

Ele parecia ser o mais perturbado e o mais problemático.

Eu tinha preparado uma introdução sobre as origens do teatro, e comecei perguntando a todos o que seria uma tragédia. As respostas foram banais.

Introduzi o termo sacrifício, e perguntei a todos o que era. As respostas foram banais.

Parti do fio guia do que é uma tragédia comum e fiz depois uma ligação sutil entre essa tragédia comum e a saga do herói. A seguir situei o sacrifício como um resgate que tem origem em uma ultrapassagem e em uma ousadia, justificando a intervenção do Destino e dando pleno sentido ao ato do herói.

E resolvi contar a história de Édipo porque é uma história instigante, o enredo é rico, sedutor, universal e é garantia de sucesso de público.

Todos prestaram muita atenção, ainda mais porque não conheciam a história, nem mesmo através da repercussão de uma novela televisiva passada há vários anos.

No momento mais tenso do enredo cheguei ao enigma da esfinge e à pergunta-chave: "qual é o animal que de manhã anda de quatro, ao meio dia anda de dois, e de tarde anda de três?"

Houve um intervalo de silêncio. Eu arrisquei dizer que ninguém adivinharia, pois a história seria, para eles, uma novidade.

Refiz a todos a pergunta clássica da esfinge a Édipo.

Novo silêncio.

Quando eu ia quase revelando o enigma, o rapaz cego de um olho me deu a resposta fazendo-me também uma pergunta:

– Não é o homem?

Olhei para o rapaz duplamente no seu olho cego e no seu olho vivo e dei a ele os parabéns, e disse a todos que, se eu fizesse ali o papel da esfinge, teria, de alguma forma, que sinalizar que me jogaria no abismo.

* * *

Aquele rapaz depois começou a participar do meu grupo de teatro, mas sumiu por um tempo. Num segundo momento, quando eu menos esperava, reapareceu.

Na ocasião eu havia proposto ao grupo um exercício: era uma entrevista imaginária a Dionísio, em que o próprio Dionísio conta sua "biografia". A entrevista era lida por todo o grupo, disposto numa roda, sendo que cada um era um pequeno "Dionísio" e eu o entrevistador.

Convidei o rapaz de um olho cego para participar, mas ele se perdia na leitura. Tinha dificuldades. Não conseguia acompanhar os outros. Achei que ele deveria ficar fora do exercício ou que talvez não compreendesse nada. Mas ele ouviu muito bem a leitura dos outros.

No final do exercício, ele tomou para si a história mitológica e, de repente, fez dela uma adaptação improvisada. Recriando tudo, ele metamorfoseou Dionísio e os personagens que completam seu entorno familiar e até olímpico.

Todos adquiriram nomes brasileiros, e nomes da Zona Leste de São Paulo, junto às "quebradas", às favelas e seus entornos.

Ele adaptou o menino Dionísio do mito, que virou um brasileirinho comum nascido na favela, atolado nas vicissitudes sociais problemáticas da ZL de Sampa, e teve um mentor alcoolista frequentador de boteco.

Esse menino, mais tarde, começou a usar droga. Traficou. Saiu por aí a reclamar a mãe morta em tragédia doméstica. Reclamou também do paizão poderoso indiferente e ausente. Finalmente, desceu aos infernos para resgatar sua mãe e sua história de vida.

Eu dei a ele os parabéns pelo trabalho original. Trabalho, aliás, surpreendente!

* * *

Na terceira vez em que ele apareceu foi tudo um franco desatino. Ele chegou tomado daquilo que os psiquiatras podem diagnosticar de mão cheia como mania.

Não havia limites ao seu entusiasmo ensandecido. Estava aceleradíssimo. Achava que conseguia voar. Disse ser do PCC, o que claramente não era verdade. Ainda fiquei sabendo que ele havia assaltado uma biqueira, e que de lá retirara inúmeros pinos de farinha branca e de crack, além de maconha e distribuiu tudo e também usou de tudo.

Os traficantes fizeram um rebuliço e já iam jurá-lo de morte. Mas a ousadia foi tanta que os traficantes relevaram o ato. Como se dá muito neste país Brasil, a encrenca foi resolvida no jeitinho.

Ele obteve um "deixa pra lá" do mundo das sombras, ainda mais porque alguém repôs as perdas. A ofensa foi apagada pela sandice quixotesca de um "noia", e ele foi salvo pela sua obsessão e pelo velho acordo que costuma selar uma trégua na fúria dos homens.

Eu, cautelosamente, o adverti dos perigos.

* * *

Depois foi a quarta e última aparição.

Na época eu estava fazendo, com uma atriz amiga, uma apresentação de uma peça minha, que é uma adaptação da *Odisseia* em narrativa dramática para dois atores, dentro daquilo que eu tomaria a liberdade de chamar de uma peça clássica em "linguagem de mano".

Para fazer uma demonstração desse trabalho, naquele dia escolhemos uma parte pequena da *Odisseia,* e que fala do início da guerra de Troia.

Fizemos uma apresentação meio improvisada usando máscaras e adereços comuns, como bonés e óculos escuros Ray-Ban, para recriar um "clima" de mito e aventura.

Havia uma pequena plateia bem interessada. O rapaz com um olho cego prestava bastante atenção e, no final, tomou-se de grande entusiasmo e fez questão de ter um diálogo comigo.

Ele não estava possuído por nenhuma mania. Estava bem lúcido e calmo. Mas estava visivelmente emocionado e fez questão de abrir sua comunicação com uma frase muito forte, impactante, confessional:

— Minha vida é a Guerra de Troia.

Eu disse que compreendia bem que a vida poderia ser uma guerra. No entanto, ele respondeu que sua história era uma guerra particular.

Ele então foi dando nomes aos bois.

Há alguns anos ele e outros companheiros faziam parte de um mesmo bando. O irmão dele, Cristiano, era o líder. Mas havia outro bando em outra favela, ou outra "quebrada", que tinha outro líder.

Cristiano era o Menelau. Havia uma tal de Janete, e Janete era a Helena de Troia. Havia o grande rival de Cristiano, líder do outro bando e da outra "quebrada". Era o Páris, cujo nome real ele não citou.

Eu ouvia uma história absolutamente realista, terra a terra, brasileiríssima e da ZL de Sampa, como muitas outras histórias semelhantes em que bandos disputam territórios e presas. Nada mais universal, puxa vida!

É claro que a "guerra" teve um estopim, e foi quando Janete/Helena foi raptada por este Páris, e Cristiano/Menelau, com seu bando, seguiu atrás dos raptores.

Tal como seria esperado, Cristiano/Menelau conseguiu, mediante vários ardis, infiltrar-se na "quebrada" inimiga. E uma operação final de cerco lembraria uma operação Cavalo de Troia.

Cristiano enfrentou cara a cara seu inimigo. Ali na raça, mano, tá ligado!? O rapaz chegou a admitir que a cena teria sido quase do tipo "faroeste caboclo".

Cristiano levou a melhor. Tanto assim que um casaco de couro do inimigo ficou varado de balas. E quando Cristiano voltou para sua "quebrada" carregando Janete, ele proclamava a Deus e ao mundo:

— Matei o tigre e arranquei o couro.

Mas a história não morreu ali. A guerra continuou.

Todos, de ambos os bandos, foram tombando, um a um, na valeta comum e recolhidos ao vale das sombras. A começar quando houve uma "crocodilagem" ou, dizendo de outra forma, quando houve uma "trairagem".

Ao fazer essa revelação, o rapaz não sorriu de malícia. Abaixou a cabeça e confessou que pegaram Cristiano pelas costas e o deixaram varado de balas.

A tragédia largou para trás os dias heroicos e assumiu o sentido da miséria comum e vulgar. O resto foi inglório.

De todos os que participaram da guerra, sobreviveu ele, com a marca de um tiro que lhe vazara um olho. Daí ele se viu sozinho no mundão sem pertencer a nada e a ninguém. Começou a fumar a pedra de crack, e ficou perambulando pelos becos e vielas da Leste e de Sampa.

Eu fiz um minuto de silêncio.

* * *

Depois daquela aparição ele foi embora de vez, e eu então me lembrava novamente do enigma e da pergunta da esfinge.

E se, diante da resposta correta dele, desejei ser de novo a esfinge para me atirar no abismo, ao cair no abismo desejei cair nas mãos de Deus, tal como está escrito numa das mais belas frases de Nietzsche.

* * *

*Em outro texto deste livro eu escrevi que o cronista precisa ser fiel (em termos) à realidade, porém o ficcionista pode ser um "enganador" articulado por falsear artisticamente a realidade.*

*Então vou confessar uma verdade de escritor: esta história é um conto no qual foram acrescentados dois, ou melhor, três pontos.*

*O rapaz de um olho só existe. O que tinha muitas perturbações e respondeu brilhantemente à pergunta da esfinge também existe. O que teve uma crise maníaca e assaltou uma biqueira também existe. São três protagonistas, porém reunidos em um só.*

*Todos são adictos graves, todos "buscadores de novidade", dionisíacos e propensos ao teatro, e todos suficientemente ensandecidos no mundo da adicção pesada de tal maneira que suas aventuras mirabolantes e quase absurdas não constituem grande novidade para quem trabalha com drogados na periferia.*

*Mas quem escreve a respeito deste mundo sabe que, para se fazer um conto a partir de uma crônica é preciso buscar um elemento representativo, um indício especial, ou um detalhe particular que represente o conjunto.*

*Pode ser o caso desta fórmula de "três em um" que vem a calhar. Porque eu juro que os três protagonistas se parecem como se fossem irmãos de "ativa". Eles têm em comum classe social, infortúnios familiares, abandono, miséria e o diabo.*

*Por isso mesmo eu digo que esta síntese de protagonistas facilita conclusões também para levantamentos diagnósticos, no sentido de se encontrar pontes comuns entre a miséria social, o viés individual e a busca infinita da "brisa".*

*Acontece que este assunto é um domínio humano movediço dentro do qual quase sempre não é possível encontrar doenças, porém sofrimentos difusos e algumas síndromes.*

*Estas últimas podem ser escancaradas, tal como é o caso da síndrome maníaca e também, conforme uma liberdade de expressão, de uma "síndrome da disfunção familiar ou social".*

*A dar crédito ao que o rapaz de um olho só me contou, sua vida tem semelhanças com todas as guerras deste mundo, inclusive com a guerra de Troia, apesar da antiguidade desta guerra, e apesar de sua mitificação estar muito além da realidade histórica.*

*Como se pode facilmente perceber, esta outra "guerra" do rapaz e seu bando — uma guerra menor tida como torpe ou miserável — seria muito provavelmente um confronto entre grupos ligados ao narcotráfico disputando não apenas território, mas também grana e belas e sedutoras "gatinhas".*

*Mas é aí que a semelhança com o passado remoto fica para mim contundente e dramática. É aí que as glórias humanas perdem para a imperiosidade do desejo comum, e eu digo cinicamente para os meus botões: puxa vida, como a humanidade é a mesma em milhares de anos, e o que é Troia no imaginário de todos nós, ou o que são as várias "troias"?*

*Acabo admitindo que os "clássicos" da literatura apenas reprisam a mesma história. E do quanto melhor reprisam, mais essa história se aproxima de um modelo universal. Como em uma frase do Tchekhov: ele teria dito, se não me engano, que ao descrever bem sua aldeia você está descrevendo o universo.*

*Pois é! Eu acredito que toda boa arte do conto faça esta ponte da aldeia com o universo. E reconheço agora uma verdade singular: o que me levou realmente a escrever o conto-crônica foi o exato momento em que fiquei impactado com a frase do rapaz: "minha vida é a guerra de Troia."*

*De uma certa forma, é claro que não posso ter certeza das supostas verdades factuais do que ele me contou a seguir, mas creio que ele tenha sido bem realista porque não tinha mais a perder, porque precisava de uma escuta, porque queria desabafar.*

*O importante é que ele criou um paralelo notável naqueles personagens bem brasileiros que de uma hora para outra assumiram nomes dados por Homero.*

*E ele foi performático e convincente ao dar nomes aos bois e ao fazer aquela transposição da antiguidade para a atualidade — nomeando helenas, menelaus, páris e companhia limitada.*

*No entanto, muita gente pode dizer dele que se trata de mais um zé-ninguém, de mais um "noia". De fato, ele é mais um dependente químico anônimo circulando na metrópole paulistana.*

*Há vários como ele (ou eles), e é cômodo olhar para ele (eles) sob uma ótica médica ou psiquiátrica reducionista, como também é fácil e cômodo olhar para ele (eles) a partir do estereótipo criado pelo preconceito.*

*Mas acontece que tudo é muito complexo neste domínio do desejo obsessivo, e cada um, lá no fundo, tem suas razões.*

*Ninguém é totalmente inocente. Ninguém é totalmente culpado. Ninguém é igual a ninguém.*

*Portanto, em meio a essa relatividade a gente se pergunta se as perturbações dele vieram da droga, da vida louca, do crime, ou se vieram de suas particularidades existenciais.*

*Não existe resposta clara. Sobram hiatos e espaços de dúvida.*

*Esta história mostra, ao menos para mim, como uma certa "loucura" (loucura é um termo tecnicamente duvidoso ou impre-*

*ciso) pode conviver com uma certa lucidez e criatividade. Embora seja uma falácia dizer que a "loucura", no sentido da psicose franca, faça as pessoas livres, felizes ou criativas.*

*Há um sofrimento real nessas pessoas, embora elas possam de repente surpreender com observações brilhantes. E eu ainda diria que as observações brilhantes são tão verdadeiras quanto existem, entre muitos tipos tidos como "noias", uns "buscadores de novidade" notáveis ou uns anti-heróis a nos contar sagas mirabolantes por detrás de disputas até torpes do narcotráfico.*

*Enfim, como muitas destas pessoas chafurdam no submundo, elas expõem o desejo humano bruto às escâncaras, elas sentem na carne as arestas da existência em mundo cão e são capazes de dizer uma frase dessas: "minha vida é a guerra de Troia".*

*Como outras pessoas diriam, se tivessem condições, "minha vida é uma* Odisseia*", ou "minha vida é uma* Divina Comédia*", ou "minha vida é* Dom Quixote de La Mancha".

*Portanto, novamente a mitologia vem cumprir seu papel junto à arte da palavra, e a questão precisa do diagnóstico fica um pouco em segundo plano.*

*Não é à toa que eu me pergunto: que certeza eu tenho de toda esta história?*

*Bem, digo que tenho apenas uma pálida certeza de que este rapaz (ou os três rapazes que fundi no protagonista) é bastante perturbado, tem rompantes maníacos, e apresentou momentos de lucidez e criatividade. Param aí as certezas.*

*E não quero dizer que ele, ou que todos eles, sejam "bonzinhos" ou "coitadinhos" e nem que devam receber o chavão de serem apenas "vítimas da sociedade". Tolice. Destaco apenas, no caso específico dele, as contradições vivas e as perturbações no curso da vida como ela é ou me parece ser e no pano de fundo complexo de uma existência lascada nas "quebradas" da Zona Leste de Sampa, fazendo eco aos escritos de Homero que nos dão lições da universalidade da condição humana.*

*Então, caro leitor, eu ainda me reporto àquela fantasia que tive no dia da aula de teatro. De repente eu mesmo, como improvisado ator e diretor, posso ser a esfinge e desejar me atirar no abismo para cair nas mãos de Deus, como está numa das mais belas frases de Nietzsche.*

* * *

*Segue, agora, o que era para ser o final do conto-crônica, que resolvi retirar do texto principal e colocá-lo aqui, nesta tentativa reflexiva de terminar minha confissão pessoal dentro deste* making of *improvisado.*

*Acontece que, às vezes, a gente pode ser salvo pela literatura e pela arte. O resto parece ser uma agonia e uma grande incerteza.*

*Fiquei com toda aquela história na cabeça matutando. Uma pergunta semelhante à pergunta da esfinge ainda permanece como dúvida perene.*

*Todo mundo sabe que, quando Troia foi arrasada, um certo Eneias fugiu de lá. Eneias teve um destino glório porque os deuses lhe propiciaram a tarefa de ter dado início a um longo processo que, mitologicamente, culminou na fundação de Roma.*

*Eu não resisti a me fazer uma pergunta: aquele rapaz, o das várias aparições misteriosas, afinal de contas, estaria ele, em seu pequeno destino, fundando ou erguendo o quê?! Qual seria o processo em curso?*

*Ainda mais estando perdido aqui na* ZL *de Sampa, movendo--se nas suas "quebradas" que são bastante realistas, ainda mais sendo ele tão terra a terra, tão sobrevivente, como tantos outros, de uma outra guerra pequena quase invisível ao mundo.*

*Retorno à questão inicial da busca infinita de uma certa "brisa" e torço para que este rapaz apareça novamente e tenha um instante de "iluminação".*

*Mas fica suspensa no ar ou, quem sabe, fica em trânsito, uma certeza relativa de que a última aparição dele é uma ausência a ser preenchida.*

*Uma resposta possível é que estamos sempre procurando responder a perguntas de muitas esfinges, somos também as esfinges, e este é um caminho, um caminho lúcido também pontuado de perturbações e de buscas que nunca se acabam...*

Adverte-se aos curiosos que se imprimiu este livro em nossas oficinas, em 19 de junho de 2017, em tipologia Avenir, com diversos sofwares livres, entre eles, LuaLaTeX, git & ruby.
(v. d0b3f0f)